Thomas H. Peters

Der Wandler

Die Hoffnung der Páladine

Bibliografische Information der Deutschen Nationalbibliothek: Die Deutsche Nationalbibliothek verzeichnet diese Publikation in der Deutschen Nationalbibliografie; detaillierte bibliografische Daten sind im Internet über http://dnb.dnb.de abrufbar.

Version 2.00

Verlag: BoD · Books on Demand GmbH, Überseering 33, 22297 Hamburg, bod@bod.de

Druck: Libri Plureos GmbH, Friedensallee 273, 22763 Hamburg

ISBN: 978-3-8192-4943-3

Vorwort:

Die zweite, überarbeitete Version des "Wandlers" bleibt im Genre "Nature Fantasy". Damit meine ich klassische Fantasy, ergänzt durch ein stärkeres Augenmerk auf die Details der Natur in den Beschreibungen. Dies entspricht dem Protagonisten, einem jungen Waldelfen, und soll seine große Naturverbundenheit vermitteln.

Die Eigennamen in der Geschichte sind mit Akzenten versehen, die die betonten Silben markieren.

Ich bedanke mich herzlich bei den zahlreichen Testleserinnen und Testlesern, die mir wertvolle Hinweise gegeben haben.

Für Fragen und konstruktive Kritik bin ich offen:

Thomas.Peters@hhu.de

Kapitel 1

Abschied

Die Sonne versinkt warm zwischen den Wipfeln. Die letzten ihrer Blicke färben die Blätter rot und golden. Sanfter Wind fährt durch die Kronen der Bäume und entkommt ihren streichelnden Ästen. Er trägt den süßen, milden Duft des alten Sommers mit sich. Leiser, wehmütiger Gesang mischt sich in den Wind und begleitet ihn ein Stück weit. Er stammt von entspannten Wesen, die sich in ihren leichten, fließenden Gewändern kaum vom weichen Waldboden abheben.

Ihre Glieder sind schlank und sehr ebenmäßig. Die großen, eleganten Ohren laufen spitz zu. Ihre Augenfarben spiegeln die umgebende Natur wider. Sie strahlen endlose Gelassenheit aus und sind unergründlich. Ihr leiser Gesang schwingt melancholisch im Rhythmus des Windes mit und verliert sich in ihm.

Die Waldelfen von Silváhedon. Sie leben fast unberührt im Fluss der Zeit. Alles um sie herum verändert sich, wächst und gedeiht, oder verliert sich bereits wieder im Niedergang. Besonders die Menschen, die ihnen an Gestalt noch am ähnlichsten erscheinen, sind mit ihrer Kultur in ständigem Wandel. Diese Elfen jedoch leben ihre uralte Lebensweise abseits aller anderen Völker. Ich erkenne kaum Veränderungen bei ihnen. Sie sind ein fast zeitloser Bestandteil der sie umgebenden Natur. Mein Blick ruht gerne auf ihnen.

Gerade noch in Hörweite steht ein alter, knorriger Baum. Schon seit vielen Äonen scheint sein zerfurchter Stamm die mächtigen Arme stolz der Sonne entgegenzurecken. Knöcherne, grünbraune Rindenschuppen schützen ihn wie einen Drachen. Der Baum ist gerade so gewachsen, dass er einen guten Unterschlupf bietet. Unregelmäßigkeiten im Stamm dienen als Stiegen, und das dichte Blätterdach schützt vor Regen. Die zuerst beinahe waagerecht verlaufenden, rauen Äste ermöglichen einen sicheren Stand. In seiner prächtigen Krone sitzen sich ein junger und ein alter Elf gegenüber:

„Mórak. Gehe zuerst nach Mórak." Die müden Augen des alten Elfen ruhen ganz auf dem Gesicht des jungen Elfen. Seine leisen Worte klingen erschöpft.

Zwar ziert keine Falte das Gesicht des alten Elfen, doch seine weiche Stimme und seine langsamen Augen zeugen von den vielen Hundert Wintern, die seit seinem ersten Erwachen vergangen sind. Lange, silbern glänzende Haare umschmeicheln noch immer dicht das schlanke Haupt.

Die unruhigen Augen des jungen Elfen suchen noch den Sinn der Worte. „Zur Zwergenfestung Mórak, Seher?" Verblüfft richtet er den schlanken Oberkörper auf. Ohne den Blick abzuwenden, streicht er sich eine weißblonde Strähne aus dem Gesicht. „Wir haben schon so lange nichts mehr von den Zwergen gehört oder sie besucht. Ich kenne sie nur aus alten Erzählungen. Vielleicht gibt es sie gar nicht mehr", setzt er leise aber erregt fort.

Die Züge des alten Elfen verhärten sich. Er beugt sich leicht vor und fixiert die Augen seines Gegenübers. Sein Gesicht taucht in einen breiten, hellen Lichtstrahl ein, der durch das Blätterdach bricht. Er lässt die klatschmohnroten Augen des alten Elfen aufleuchten.

„Dein Weg führt über Mórak!" Große Kraft schwingt in seinen Worten mit. Sein ganzes Wesen liegt in ihnen. Sie dulden keinen Widerspruch.

„Du weißt, dass du deinen *Wahren Namen* und seine Bedeutung nicht hier in Silváhedon finden kannst", setzt er sanft aber auch bestimmt fort. „Du musst gehen und alleine herausfinden, wer du in Wahrheit bist."

Schließlich bricht er den Blick ab und gibt seinen alten Augen Ruhe. „Das Ziel ist noch so fern. Und es ist sehr wichtig für uns alle, dass du es erreichst. Brich morgen früh auf. Es ist alles vorbereitet." Die Stimme erstirbt. Sein Haupt sinkt langsam auf die Brust. Seine Anspannung löst sich in langsamen, schweren Atemzügen. Sein Geist schweift ab.

Er gleitet in Erinnerungen, die so alt sind, dass sie ihm wie ein früheres Leben erscheinen. Auch nach so vielen Wintern treiben sie ihn unerbittlich auf sein unsichtbares Ziel zu. Doch bald schon wird sein langes, übervolles Leben ihn zur Ruhe zwingen.

Der junge Elf betrachtet den alten Seher noch eine Weile stumm. Dieser lebt schon so lange bei den Elfen der versteckten Waldstadt Silváhedon, ohne dass erkennbar geworden wäre, auf was der Seher wartet oder was er vorbereitet. Tatsächlich erinnert sich niemand unter den Elfen mehr an den Tag seiner Ankunft in Silváhedon. Oder ist er doch einst hier geboren? Er war schon immer für alle der Seher am Rande ihrer Siedlung, eine Quelle der Ruhe und der Weisheit.

Hin und wieder hat er den einen oder anderen Rat gegeben, sich aber sonst sehr zurückgehalten. Erst kurz vor seiner Geburt soll der Seher in ungewohnte Aufregung geraten sein. Er soll seine Mutter mehrmals am Tag besucht haben. Erst nach seiner Geburt soll er sich beruhigt und seinen gewohnten Gleichmut wiedergefunden haben. Fortan fragte der Seher regelmäßig nach ihm und nahm ihn manchmal für einige Monde lang mit sich in einen abgelegenen Teil des Waldes. Diese Zeiten waren so angefüllt mit tiefen Gedanken und altem Wissen, dass er nach seiner Rückkehr immer etwas Zeit brauchte, um über all das nachzudenken, was ihm der alte Seher erzählt hatte.

Er erfuhr von der Urkraft des Kosmos, der Ordnung der Dinge. Ihr Symbol ist die leuchtende Sonne, die vollkommen ebenmäßig und unveränderlich ist, und jeden Tag in immer gleicher Weise bestimmt. Er erfuhr auch von der Urkraft des Chaos, dem Fehlen jeder Ordnung. Ihr Symbol ist der bleiche Mond, der im ständigen Wandel ist und jede Nacht auf eine andere Weise beeinflusst. Sein Einfluss ist umso größer, je mehr von ihm zu sehen ist.

Hin und wieder spottet der Mond auch seiner eigenen, vermeintlichen Ordnung, indem sich in einzelnen Nächten sein Licht eintrübt und in verschiedene Gelbtöne färbt. Dieser Mond wird *Fiebermond* genannt, denn dann ist seine Macht viel stärker und unberechenbarer.

Erzählt wird auch von den unheilvollen Nächten mit einem roten *Blutmond*. Dieser ist zwar viel seltener als der *Fiebermond*, aber auch fast unbegrenzt in seiner Macht auf ganz Wígreda.

Die Kalender der großen Reiche der Vergangenheit waren alle auf den Zyklus des Mondes ausgerichtet. Jeder Mond endet nach 28 Tagen mit der *Mondblüte*, wenn der Mond ganz rund ist. Die Stationen seines immer wiederkehrenden Lebens werden so genannt, wie sie am Himmel zu sehen sind. Nach der *Mondblüte* kommt die Zeit des *Alternden Mondes*, danach die Zeit des *Sterbenden Mondes*. Die Nacht, in der er gar nicht zu sehen ist, heißt *Mondwiedergeburt*. Danach folgen *Wachsender Mond* und *Reifender Mond*. Am Ende ist wieder die Nacht der *Mondblüte*. Nach 13 Monden endet das Jahr dann mit der *Langen Nacht*, der Nacht vor Frühlingsanfang. Sie ist tatsächlich länger als jede andere Nacht und wird von der *Mondblüte* des letzten Mondes beherrscht. In dieser Nacht sterben mehr Alte, Kranke oder Verletzte, als zu jeder anderen Zeit.

Sie ist eine Prüfung für jedes lebende Wesen. Deshalb gibt es bei den meisten Völkern keinen bedeutenderen Festtag als Frühlingsanfang, den ersten Tag nach der *Langen Nacht*.

Die Urkräfte haben unsere Welt Wígreda für ihre Zwecke erschaffen und beherrschen sie noch immer. In jedem Wesen wirken sie anders und bisher bleibt Wígreda im tobenden Machtkampf der Urkräfte stabil. So ist es schon seit langer Zeit und damit es so bleibt, ist Návayot von den Páladinen vor sehr vielen Wintern zu den Waldelfen von Silváhedon gegangen. Als Seher hat er den wiedergeborenen *Dritten Geist*, Taladán, auf seine große Aufgabe vorbereitet. Ich wünschte, ich könnte seinen Weg vollständig sehen, aber vor dem Willen anderer Gottheiten endet mein Blick. Allerdings werden wir uns bald begegnen. Das sehe ich ganz klar.

Schließlich richtet sich der junge Elf ganz auf und steigt langsam mit sicherem Tritt den Baum hinunter. Sein Blick geht ins Leere. Doch auch dort ist kein Sinn zu finden. Mórak. Nach Mórak geht doch kein Elf, wenn er nicht muss. Erst recht geht er nicht alleine.

Die Sonne ist nicht mehr zu sehen. Sie zieht ihren hellen Schleier mit sich, und im Osten blitzen die ersten Sterne darunter hervor. Der Wind trägt gerade wieder einmal den traurigen Gesang der Elfen zu ihm herüber. Er schüttelt traurig den Kopf. „Sie haben so recht! Warum verlasse ich mein schönes Silváhedon, um alleine zu einer trostlosen Zwergenfestung zu wandern?".

Das Lied der Elfen erreicht seinen Höhepunkt, als in ihm die Hitze der Rebellion aufsteigt. Einzelne Tränen, die seine Wangen herabrinnen, können sie nicht abkühlen. Er lässt sein schweres Haupt in die Hände sinken. „Aber hier bleiben kann ich auch nicht", schließt er resignierend.

Langsam geht er zu seinem Baum und legt sich in seinen starken Armen zur Ruhe. Sein Baum sieht dem Baum, auf dem der Seher schläft, sehr ähnlich. Er ist jedoch viel jünger und weniger knorrig. Stumm lauscht der junge Elf in die Nacht hinein. Kein ungewöhnlicher Laut ist zu hören. Doch noch erlöst der Schlaf ihn nicht aus seinem Zwiespalt.

Erst als der *Alternde Mond* aufgeht und der Uhu seine Jagd eröffnet, erlangt sein Geist endlich die ersehnte Gleichgültigkeit. Er verlässt die beengende Welt der Probleme und Zwänge. Der Schlaf lässt ihn frei durch die Sphären wandeln.

Erst die wiederkehrende Sonne ruft ihn zurück. Ein starkes Gefühl der drängenden Verantwortung und eines notwendigen Vorhabens hat ihn beim ersten Sonnenstrahl geweckt.

Der Morgen begrüßt ihn kühl aber freundlich. Der unwillkommene Aufbruch zwingt den jungen Elfen von seinem lieben Baum herab zur Quelle im Zentrum Silváhedons. Niemand ist zu sehen. Die anderen haben offenbar seinem eigenen Verlangen nachgegeben und warten noch den Vormittag ab, um aufzustehen. Das Wasser kühlt angenehm seine schlaftrunkenen Augen und vertreibt die letzte Müdigkeit. Das Wasser von Silváhedon wird er sicher vermissen. Seinen Wasserschlauch für die Reise hat er schon mitgebracht. Die Sonne scheint ihm ins Gesicht und seine waldteichgrünen Augen schicken das Licht zurück, als er zu seinem Baum zurückkehrt, um seine restliche Ausrüstung zu holen. Noch immer ist niemand zu sehen.

Sorgfältig verstaut er Kurzbogen und Köcher auf seinem Rücken. Die schlanke, glänzende Klinge seines Rapiers gleitet sanft daneben in sein Futteral. Ein routinierter Griff an den Gürtel findet das Jagdmesser an seinem Platz. Fehlt noch etwas? Sein Blick fällt auf ein ledernes Bündel in einem Winkel, das ihm zuerst nicht aufgefallen war. Nach kurzem Zögern ergreift er es, löst den Lederriemen, der es zusammenhält, und breitet vorsichtig aus, was sich darin verbirgt.

Ein Lächeln huscht über sein Gesicht. Jemand hat an ihn gedacht und etwas Proviant eingepackt: Ein kleiner Beutel mit frischen Himbeeren, Brombeeren, Blaubeeren und Walderdbeeren befindet sich darin. Ein anderer Beutel enthält ein paar Stücke feuergetrocknetes, gewürztes Wildbret zusammen mit einigen frischen Kräutern. Der aufsteigende Duft dieser Köstlichkeiten erinnert ihn an das noch nicht eingenommene Frühstück. Ein dritter, kleinerer Beutel ist auch noch da und enthält einen kopfgroßen ringförmigen Gegenstand. Vorsichtig faltet er das weiche Ledertuch auseinander und erstarrt ungläubig in der Bewegung.

Das Ledertuch enthüllt einen schlanken, goldenen Stirnring mit einem eingefassten runden, grünen Edelstein an der Stirnseite. Ist das ein Smaragd? In dieses kunstvolle Schmuckstück gelegt, erstrahlt ein Juwel der Natur: eine Elfenblüte!

Der junge Elf nimmt die große, vierblättrige Blüte vorsichtig in seine Hand. Die Blütenblätter sind strahlend weiß, färben sich aber zum

Blütenkelch hin zunehmend in ein sattes Gelb. Diese wunderbare Blüte soll ihn sicher auf seiner Reise vor Krankheit und Schwäche schützen, denn diesen Blütenblättern wird eine große Heilkraft zugesprochen. Schon ihr Duft ist belebend. Er ist so betörend und erfrischend wie die Luft des jungen Frühlings.

Der junge Elf riecht sanft an der Blüte und schließt für einen kurzen Augenblick die Augen. Den Namen Elfenblüte gaben die Menschen ihr, denn es sind fast immer Elfen, die diese seltenen Blüten im dichten Wald finden.

Behutsam legt er die zarte Blüte zurück und will den Stirnring schon sachte mit den Fingerspitzen nehmen, als er plötzlich zurückzuckt. Der Stirnring fühlt sich ganz anders an als erwartet. Er kann nicht einfach nur ein simples Schmuckstück sein. Etwas Unwirkliches haftet ihm an.

Der junge Elf beugt sich leicht vor und betrachtet ihn genauer. Was hatte ihm der Seher über magische Gegenstände erzählt? Gold steht für das Element Feuer, ein Smaragd enthält die Elemente Erde und Wasser. Aber Gewissheit bringt nur eine magische Vision.

Als Elf hat er das Talent, die magischen Kräfte zu lenken, geerbt und allen Elfen von Silváhedon wird schon in der Kindheit beigebracht, sie für sich und andere zu nutzen. Er ruft sich die Lektionen seiner Kindheit wieder ins Gedächtnis.

Sein Blick wird intensiver und verklärt sich schließlich. Die Augen leicht verengt, sucht er die wahre Natur dieses Stirnringes. Zuerst der Stirnring selbst. Es ist eine ebenmäßige Form mit einem kunstvollen Blätterornament. Doch schon zerfließen die Umrisse. Aus dem Ring aus Gold schlagen kleine Flämmchen. Sie werden größer. Er hört leise prasselndes Feuer. Wärme strahlt es aus und auch Licht. Dem jungen Elfen laufen Schweißtropfen die Schläfen herab. Nun weiter zu dem eingefassten Edelstein. Auch dieser ist nicht so leblos, wie es zuerst schien. Leben pulsiert in ihm. Blätter und Triebe sprießen aus dem Stein. Nach allen Seiten hin treiben sie aus, Wasser rinnt an den Zweigen entlang. Es fließt zusammen und bildet ein kleines Rinnsal. Die mentale Anstrengung bringt den jungen Elfen außer Atem.

Genug! Er schließt die Augen und atmet einmal tief ein und aus. Als er die Augen wieder öffnet, ist alles wie zuvor. Auf dem Ledertuch glänzt der Stirnring in der Morgensonne.

Erschöpft schüttelt der junge Elf den Kopf und wischt sich den Schweiß von der Stirn. Die magische Kraftquelle Geist, die ihm diese Vision erlaubte, fordert ihren Tribut, aber das war es ihm wert.

Glücklich nimmt er den Stirnring in beide Hände und schiebt ihn sich sachte über die seidigen Haare. Er genießt das seltsame Gefühl in den Fingerspitzen nun. Der Stirnring sitzt perfekt. Der alte Seher hat ein kleines Wunder geschaffen. Woher hatte er nur das Gold und den Smaragd? Er spürt den starken Willen und die Fürsorge des Sehers in diesem Stirnring. Die in ihm gebundenen magischen Kräfte werden ihm sicher nie ihre Hilfe verweigern, da ist er sich sicher. Aber welche Gefahren liegen wohl vor ihm, wenn ihm der alte Seher ein so mächtiges Geschenk macht? Wird er es auf seiner Reise dringend brauchen?

Doch jetzt ist keine Zeit für Sorgen. Rasch holt er sein fast vergessenes Frühstück nach und verstaut dann die Lederbeutel mit dem guten Proviant und der Elfenblüte an seinem Gürtel. Den Wasserschlauch hängt er sich um die Schulter. Der lange, lederne Überwurfmantel muss auch mit.

Sein Fellfutter ist noch viel zu warm für die nächsten Tage, aber gegen den eisigen Atem des unvermeidlich nahenden Winters wird er deutlich mehr Kälteschutz brauchen als seine einfache Wildlederkleidung.

So ungewohnt beschwert, steigt er vorsichtig seinen vertrauten Baum herab. Er legt zum Abschied die Hand an den Stamm und schließt die Augen für einen kurzen Moment. Dieser Baum wurde zum Anlass seiner Geburt gepflanzt und ist wie ein Verwandter für ihn.

Mittlerweile sollten die anderen eigentlich wach sein. Doch noch immer tut sich nichts. Nur die Vögel singen weiterhin ungerührt in den beginnenden Vormittag hinein. Es ist besser so. Erspare ich ihnen und mir den Schmerz. So geht es ihm durch den Kopf, als er zögernd losgeht. Einen Augenblick später fühlt er, wie zuwider ihm der Gedanke ist, die anderen Waldelfen von Silváhedon ohne jeden Abschied zu verlassen. Und trotzdem zwingt er sich weiterzugehen.

Vielleicht bin ich schon bald wieder zurück. Der Winter könnte mich dazu zwingen. Doch jeder Einzelne der vertrauten Bäume, an dem er vorübergeht, verstärkt den Schmerz, der in ihm wächst und jeden weiteren Schritt erschwert. Die Sonne in seinem Rücken lässt ihn einen bizarren Schatten werfen.

Der Weg führt den kleinen Stadthügel herab. Regelmäßig bewachsen mit Bäumen unterschiedlichster Art, die alle einen individuellen Wuchs haben, bildet er das Herzstück des Waldelfengebietes. Er liegt tief in dem Wald, der nach der Größe vieler seiner Bäume bei den meisten der großen Völker Titanenwald genannt wird.

Bald werden die hohen Bäume dem jungen Elfen jeden Blick zurück verwehren. Jetzt einfach nur weitergehen. Die Baumriesen kommen nun näher und versprechen dem schon jetzt müden Wanderer kühlenden Schatten. Die ehrgeizige, spätsommerliche Sonne löst einen Strom von Schweiß im Rücken des Elfen aus und bestraft so spöttisch seine weise Wintervorsorge.

Doch bald werden die freundlichen Baumriesen ihn unter ihre schützenden Arme nehmen und vor dem heißen, himmlischen Hohn abschirmen. Er kann sie schon riechen. Höher noch als die Eingänge der steinernen Kathedralen der Menschen, Zwerge und Trolle sind die lebenden Portale, mit denen der Titanenwald die Elfen von Silváhedon empfängt. So haben es ihm weitgereiste Elfen in seiner Kindheit erzählt. Und so muss es wohl sein, denn welcher Baumeister könnte höher bauen, als diese Giganten ihre Äste erheben? Früher ist ihm das nie aufgefallen. Doch früher ist er diesen Weg auch nicht alleine gegangen. Seine Schritte werden langsamer.

Während sein trauriger Blick in den Kronen umherschweift, bleibt er plötzlich stehen und blickt rasch unwillkürlich auf das zurückgelassene Silváhedon. Es bietet ein herrliches Bild im taufrischen Licht, doch das sieht der junge Elf nicht.

Er sieht die Elfen von Silváhedon. Jeder Einzelne scheint jetzt am Rande des Stadthügels zu stehen. Tausend Augenpaare sind es, die ihm nachsehen, stumm und unbewegt. Das Bild kommt ins Wanken. Heiße Tränen füllen seine Augen. Niemand hat ihn vergessen. Sie wollen ihn nicht halten. Sie sind nur da, um ihn zu verabschieden.

Er kann den Blick nicht halten, muss sich abwenden. Augenblicke vergehen langsam wie Jahre. Dann stürzt er in den dunklen Wald hinein. Es gibt noch kein Zurück. Ein Augenpaar nach dem anderen wendet sich schließlich ab. Nur ein alter Elf sieht ihm noch lange traurig und mit großen Zweifeln nach. Dann kehrt auch der Seher auf seinen Baum zurück.

Zusammengesunken, in Tränen getaucht, schüttelt Návayot widerwillig das Haupt. „Wie soll das gelingen? Taladán ist noch so jung und muss doch ganz alleine seinen unsicheren Weg beginnen."

Heftig pulsieren Schuldgefühle und Ängste in ihm hoch. Er windet sich im Kampf der Gefühle gegen den Geist. Sein Herz akzeptiert nicht die Notwendigkeiten des vorgegebenen Weges.

Schließlich überwältigen wieder Erinnerungen an ein einschneidendes Erlebnis das Bewusstsein des alten Elfen. Schon so lange lastet es auf seiner Seele und doch ist die Erinnerung daran so eindringlich klar wie am ersten Tag. Besonders das Erscheinen des Götterkönigs und sein Kampf mit Adánada sind unauslöschlich. Und wie anders sich Adánada plötzlich verhielt, als sein Richter vor ihm erschien. Doch das geschah alles vor einer Ewigkeit und er selbst wird bald in einem neuen Leben erwachen, denn seine Aufgabe hier ist erfüllt.

Lang sind die folgenden Tage der Reise. Der Herbst zieht ein und entthront die stolze Sonne zugunsten der vielen Winde, die jetzt unter dem oft grauen Himmel wehen.

Zahllose unreife Gedanken durchstreifen das Haupt des jungen Elfen, ähnlich den jungen, impulsiven Winde, die immer wieder aufbrechen, das vielfarbige Gold der Bäume zu stehlen, um es dann doch nur achtlos fallen zu lassen. Auch an einer langen Elfenmähne scheinen sie Gefallen zu finden.

Der ganze Wald wappnet sich für die kargen Tage des kommenden Winters. Zumindest der Teil des Waldes, der nicht nur für den Sommer lebt. Ein Wesen zumindest ist vorbereitet und zieht rasch mit fliegenden Haaren und flatterndem Mantel vorwärts. Wieder versinkt die Sonne etwas früher im Baummeer. Auch die Winde sind müde und geben die Jagd auf.

Auf einem hohen Pass steht der einsame Wanderer und blickt im letzten Licht vor sich in das ihm unbekannte Tal. Der leise Ruf eines Käuzchens hinter ihm unterbricht kurz die Stille des Abends. Ohne sich umzudrehen, hebt der junge Elf kurz die Hand zum Gruß. Der Ruf galt ihm. Hier endet das Gebiet der Waldelfen. Es war einer der wachsamen, versteckten Späher, der ihm dieses letzte Lebewohl auf die Reise mitgab.

Kapitel 2

Entscheidung

Es ist Zeit, einen geeigneten Schlafplatz zu suchen. Der junge Elf geht den jetzt absteigenden Pfad herab und findet bald eine windgeschützte Stelle in einer Baumgruppe am Steilhang. Die Bäume sind in dieser Höhe nicht so groß, wie er es gewohnt ist. Er betrachtet sie interessiert im Näherkommen. Sie werden selbst am besten wissen, welche Größe hier gut für sie ist.

Der Boden unter ihren bescheidenen Kronen ist angenehm weich und trocken. Schnell befreit sich der Elf von seinem schweren Mantel, dem Gepäck und seinen weichen Lederstiefeln. Erleichtert lässt er sich nieder und streckt die müden Glieder aus. Nur einen Schluck Wasser noch. Der Wasserschlauch ist fast leer. Morgen wird sich sicher eine Quelle finden lassen. Mit geschlossenen Augen stöbert er in dem Lederbeutel mit dem Trockenfleisch. Er ist in den letzten Tagen deutlich leichter geworden. Nur ein paar kleine Brocken sind übrig. Einer davon verschwindet noch rasch in seinem Mund, dann zieht er sich den Mantel über den Leib und schläft erschöpft ein.

Noch vor Morgengrauen weckt ein kalter Hauch den jungen Elfen. Der Winter gibt einen Vorgeschmack auf das Kommende. Jetzt hilft kein Jammern mehr. Mit zusammengebissenen Zähnen streckt er sich und knurrt der Kälte seinen Unmut entgegen. Energisch rafft er nun seine Ausrüstung zusammen und befestigt jedes Teil an seinem Platz.

Ein prüfender Blick schweift über das von Nebelschleiern verhüllte, schlafende Land. Kaum zeichnet sich ein Pfad die Anhöhe herab ab. Trotzdem geht der einsame Wanderer los, langsam genug, um stets sicheren Halt zu finden. So geht es in unregelmäßigen Serpentinen hinab in das ihm unbekannte Tal.

Im Osten kündigt sich schon die Sonne an, als der junge Elf plötzlich innehält und lauscht. In der Nähe plätschert leise Wasser. Mit einem Lächeln wendet er sich dem willkommenen Geräusch zu und findet den Ursprung auch schnell. Versteckt zwischen schroffen Felsen fließt klares Wasser. Im Laufe unzähliger Winter hat es den rauen Felsen geglättet. Versöhnt mit der Welt, nimmt der junge Elf das Geschenk des Hügels an.

Erfrischt und mit vollem Wasserschlauch sitzt er nun auf einem Stein an der Quelle und sieht gelassen zu, wie die Sonne aufgeht. Das Tal erwacht unter ihren milden Augen zum Leben. Fremd sind seine Konturen. Die Flüsse nehmen hier ganz andere Wege und die Bäume sehen ungewohnt aus. Aber es sind noch immer Flüsse und Bäume. Sie werden für Elfen und Tiere genauso ein Zuhause bieten, wie sie es im Titanenwald tun.

Nachdem die letzten Vorräte verzehrt sind, macht sich der junge Elf schließlich auf, um im Tal frische Nahrung zu finden oder zu erjagen. Es empfängt ihn freundlich. Die wehrhaften Brombeersträucher versperren ihm nicht den Weg, sondern bieten ihm sogar ihre reifen Früchte an. Heute wird er nicht mehr jagen müssen.

Die Sonne neigt sich schon wieder dem Horizont zu, als der Lederbeutel für Beeren bis zum Rand gefüllt ist. Der morgendliche Winterhauch hatte dem noch immer vorherrschenden Herbst Tribut gezollt und sich bald zurückgezogen. Die Winde haben ihr Spiel wieder aufgenommen. Der junge Elf sitzt auf einer kleinen Lichtung gegen einen einsamen Baum gelehnt und hält noch ein paar Beeren in der Hand, die nicht mehr in den Beutel passten. Er blickt hinauf zur Sonne. Heute lohnt sich ein Weitergehen nicht mehr. Er legt sich eine sehr reife Brombeere in den Mund. Sie schmilzt fast von selbst auf seiner Zunge. Entspannt schließt er die Augen. Die Sonne wärmt seine Wangen. Ruhe kehrt ein.

Ein Lächeln zieht über das Gesicht des jungen Elfen, als die Winde ihm sanft darüber streicheln. „Schon gut", flüstert er herausfordernd und öffnet die Augen. Rasch verschwinden noch die restlichen Beeren in seinem Mund.

Dann springt er entschlossen auf die Füße. Die Winde brausen auf. Die weißblonde Mähne des Elfen flammt auf, doch sein Blick verfolgt unbeirrt den Weg der flinken Gesellen, die ihn zu diesem Wettkampf herausgefordert haben. Schon wirbeln sie um ihn herum und zwischen seinen Beinen hindurch. Er wankt, kann sich aber wieder fangen.

Jetzt kommt auch Leben in ihn, und er weicht den Windstößen aus, die ihn zu Fall bringen wollen. Sie pfeifen dicht an seinem Körper vorbei. Er kommt schon leicht außer Atem. Ein gewagter Sprung über sie hinweg und ein großer Schritt zur Seite lässt den jungen Elfen ihren schnellen Zugriffen ein weiteres Mal entkommen.

Nun aber kommt einer von vorne und will den Augenblick des unsicheren Stands ausnutzen, da blitzt in der rechten Handfläche des Elfen ein heller Schimmer auf. In einer schnellen Bewegung deutet er auf seinen unsichtbaren Gegner und zieht seine Hand fließend an sich vorbei. Der Windstoß, der ihn von den Beinen holen wollte, zischt knapp an ihm vorbei und der Elf steht wieder sicher.

Doch die Winde geben nicht auf und drängen weiter auf ihn ein. Ein paar Male noch kann er sich wieder mit einem Hauch Luftmagie retten, dann aber verliert er den Boden unter den Füßen und wird von den Winden mit vereinter Kraft triumphierend ein Stück weit in die Höhe gehoben und dort geschüttelt. „Ich gebe auf! Ihr habt gewonnen!", ruft der junge Elf lachend.

Er sinkt zu Boden und bleibt erst einmal mit geschlossenen Augen liegen. Heftig geht sein Atem. Die Winde wirbeln im Siegestaumel die Blätter der Umgebung herum. Danach wird es ruhiger. Eine warme Brise trocknet den Schweiß auf dem Gesicht des Elfen. Ein zufriedener Seufzer beendet die Atemlosigkeit.

Eine Weile noch bleibt er so auf der Lichtung liegen und lässt seine Gedanken treiben. Die Sonne hat sich im Westen ein goldenes Portal geschaffen, durch das sie den Himmel bald verlassen wird. Mit einem tiefen Atemzug richtet sich der junge Elf wieder auf. Angelehnt an den einsamen Baum auf der Lichtung, blickt er nachdenklich zurück auf die Hochebene des Titanenwaldes. Was machen sie jetzt wohl? Er schließt die Augen. Seine Gedanken wandern zurück nach Silváhedon. Eine leise Melodie entsteigt seiner Kehle. Keine Worte, nur reine Musik. Eine traurige Harmonie ist es, voller Einsamkeit und Melancholie.

Nach einiger Zeit wird der Gesang lauter, kraftvoller und füllt sich mit Schmerz. Er gipfelt in einem Ruf, der sich gegen die Sterne richtet, die inzwischen aufgegangen sind. Er öffnet die Augen. Einzelne Tränen sind über Wangen und Schläfen gelaufen. Nun ist es klar. „Warum? Warum muss ich alleine einen Weg gehen, den ich nicht kenne?", ruft er laut in den Sternenhimmel. Er steht auf, die Sterne fest im Blick. „Warum ist dieser Weg wichtiger als mein Frieden?" Der junge Elf lässt den Kopf wieder sinken. Die Sterne glänzen stumm am blauschwarzen Himmel. Niedergeschlagen trottet er zu seinem Mantel. Er hebt ihn auf und hüllt sich in ihn. Die Nacht wird sicher wieder kühl.

Kein Traum zeigt ihm seinen Weg heute Nacht. Sein Geist wandert nur auf endlosen, grauen Ebenen. Dann graut der Morgen. Widerwillig steht der junge Elf auf. Es ist tatsächlich kälter geworden. Was hält ihn noch auf diesem Weg? Das Tal reicht weiter, als er von der Anhöhe aus erkennen konnte. Er späht in die Ferne. Bis zu diesem Grat wird er noch gehen. Zwischen Nebelschleiern zeigt sich das Ende des Tales. Dann ist er noch vor der *Langen Nacht* wieder zuhause.

Der Himmel ist bedeckt. Das Leben ist schwerer geworden. Raue Winde fegen durch die bald kahlen Bäume und prüfen deren Äste. Der junge Elf hat seinen Mantel um die Schultern geworfen und folgt den Spuren von Rehen in eine kleine Baumgruppe hinein. Ein Tier ist verletzt. Seine Schritte sind unregelmäßig. Heute soll sein Weg enden.

Die Spuren werden deutlicher. Die kleine Herde muss ganz nah sein. Lautlos schleicht der Elf weiter. Hinter dem nächsten Hügel könnten sie schon sein. Auf allen Vieren, wie eine Raubkatze, bewegt er sich den Hügel hinauf. Es riecht nach Blut. Wie kann das sein? Die Spitze ist fast erreicht. Langsam hebt er den Kopf über die Hügelkuppe.

Da weiten sich seine Augen vor Entsetzen. Mit einem Satz springt er auf und ist schon an der Stelle, wo von den Rehen nur noch grob zerstückelte Kadaver auf der Wiese übrig ist. Dem Schrecken ist Wut gewichen. Niemand darf Tieren so etwas antun! Seine tränenfeuchten Augen verengen sich. Der Blick des jungen Elfen überfliegt den Boden nach Spuren. Die Täter haben sich keine große Mühe gegeben, ihre Handschrift zu verwischen. Ein kruder, schwarzer Pfeil, der noch immer im Hinterlauf eines Rehs steckt, gibt den letzten Beweis: Orks!

Nie hätte er gedacht, dass er so früh auf sie stoßen würde. Sie haben nicht einmal alles Fleisch mitgenommen! Ohne zu wissen, was er tun wird, wenn er die Orks findet, folgt er der gut sichtbaren Spur, die vom Platz des Massakers wegführt. Er kann jetzt nicht einfach weitergehen.

Ihre Fährte führt ihn an abgeknickten Ästen und angeschlagenen Baumstämmen vorbei. Grimmig verhärten sich seine Züge. Jetzt versteht er, warum Elfen und Orks nicht in Frieden zusammenleben können.

Plötzlich kommt Wind auf. Er trägt einen widerlich ranzigen Gestank mit sich. Der junge Elf muss sich einen Augenblick abwenden. Noch bevor er daran denken kann, was diesen Gestank verbreiten könnte, wird es klar. In der Ferne formen laute, raue Stimmen unmelodische

Worte, die er nicht kennt. Instinktiv duckt er sich hinter einen Baum. Heiß überläuft es ihn. Das müssen sie sein! Ein Stück weiter auf einer Lichtung sind mehrere klobige Gestalten zu erkennen, die eine Rast machen. Es riecht wieder nach Blut. Langsam schleicht er näher. Seine Muskeln sind angespannt.

Die Orks sind gerade dabei, ein Feuer zu entfachen, um ihre Beute zu braten. Einer von ihnen spießt große Fleischfetzen auf Stöcke. Der Wind frischt wieder auf. Gnädigerweise weht er diesmal nicht von den Orks herüber. Der junge Elf hebt die Nase in den Wind. Es riecht nach Sturm. Das Feuer wird sicher nicht lange halten. Ein grimmiges Lächeln zieht über sein Gesicht. Wären doch nur ein paar meiner Freunde hier! Wir würden die Orks aus dem Wald jagen!

Da zuckt er plötzlich zusammen. Einer der Orks hatte gegen ein Bündel Lumpen getreten. Zumindest hatte er es dafür gehalten. Aber das schmutzige Bündel hatte kurz aufgestöhnt! Ein Menschenmädchen richtet sich auf. Sicher ist es ein junges Mädchen, denn ein Menschenleib soll schneller alt werden als sein Geist. Doch in ihrer Jugend brauchen manche Menschen den Vergleich mit keinem anderen Volk zu scheuen.

Und dieses Mädchen ist hübscher als er erwartet hatte. Ihre langen, blonden Haare sind zwar schmutzig, wie alles an ihr, aber das kann ihre große Ausstrahlung nicht verdecken. Was macht sie nur bei den Orks? Freiwillig ist sie sicher nicht bei ihnen. Aber woher kommt sie? Es gibt hier keine Menschensiedlungen, oder doch? Sie muss von reisenden Menschen entführt worden sein. Was kann er nur tun?

Unruhig sieht er zu, wie ein Ork das Mädchen vor sich her schubst. Schließlich kniet sie an der Feuerstelle nieder, um unbeholfen das Feuer zu schüren. Er muss die Orks einfach überrumpeln. Ein ungutes Gefühl macht sich in ihm breit. Das Gewitter wird ihm helfen, mit ihr zu entkommen. Er versucht, sich selbst zu beruhigen. Die Winde sammeln sich bereits für ihr großes Fest. Sie werden ihm beistehen! Er fasst sich an die Schläfe, wo schon lange der Stirnring seinen festen Platz hat. Mit ihm muss es gelingen.

Sein Herz klopft schnell. Er spürt es in seinem Hals schlagen. Immer mehr finstere Wolken ziehen über den Himmel. Es wird merklich kühler und dunkler. Schließlich bemerken das auch die Orks. Sie starren in den sich zuziehenden Himmel.

Jetzt oder nie! Der junge Elf tritt mit bewusst festen Schritten zwischen den Bäumen hervor. Die Orks wenden sich verblüfft um. Er erschrickt, als er ihre Gesichter nun richtig sehen kann. Die langen, pelzigen Ohren und die abfallende Stirn hatte er vorher schon bemerkt, aber die große, wulstige Nase und die hervorstehenden unteren Eckzähne befremden ihn aufs Neue. Sie erinnern ihn an die Hauer eines Keilers. Aber in den Augen eines Tieres hat er nie solche Aggression gesehen.

Es ist ein gutes Dutzend Orks. Er spürt, dass seine Knie leicht zittern. Der Wind trägt wieder den unerträglichen Gestank der Orks mit sich, doch diesmal darf er sich nicht abwenden. Stattdessen zieht er sein Rapier demonstrativ aus dem Futteral und spricht laut:

„Ihr seid hier nicht willkommen!" Es sollte drohend und kraftvoll klingen, aber das gelang ihm nicht ganz. „Verschwindet aus diesem Wald oder ich werde euch alle vernichten!" Er wartet angespannt auf die Wirkung seiner Darbietung.

Zuerst sind die Orks tatsächlich noch mehr verblüfft als zuvor, doch dann brechen sie gemeinschaftlich in ein schrilles Gelächter aus, das dem Elfen schmerzhaft in den Ohren dröhnt. Einer nach dem anderen greift sich eine grobe Axt oder Keule. Mit einem breiten Grinsen auf dem Gesicht und gefletschten, gelben Fangzähnen gehen sie langsam auf ihn zu. Kalte Schauer laufen ihm über den Rücken. Ein alarmierendes Gefühl presst ihm Schweiß auf die Stirn. Ein rascher Blick auf das Mädchen, das ihn angstvoll ansieht, erinnert ihn aber wieder an den Grund seines riskanten Vorhabens.

Mit gezwungen harter Stimme brüllt er den Orks entgegen: „Dann soll euch alle der Blitz treffen!" Damit holt er mit der Linken groß aus und führt sie an die linke Schläfe, um die Aufmerksamkeit auf seinen Stirnring zu lenken. Er beobachtet die aufkommenden Zweifel in den Gesichtern der Orks. Schnell schließt der junge Elf konzentriert die Augen, und plötzlich blitzt der Stirnring in einem grellen Licht auf, viel zu hell für die lichtempfindlichen Augen der Orks.

Ein Heulen wie aus einer Kehle geht los und sie lassen entsetzt ihre Waffen fallen, um sich die haarigen Klauen vor die Augen zu halten. Der junge Elf läuft los, zwischen den Körpern der sich windenden Orks hindurch, auf das Mädchen zu. Auch sie hat das Gesicht hinter ihren zarten Händen verborgen.

Angekommen reicht er ihr die linke Hand und will schon wieder los, als er anstatt der sanften Hand eines Mädchens in seiner Hand, einen knochigen, erbarmungslosen Griff um sein linkes Handgelenk fühlt. Mit einem Schreckensschrei wendet er sich um und sieht nun das Mädchen in seiner wahren Gestalt. Eine uralte, verwachsene Menschenfrau mit verfilzten, eisgrauen Haarsträhnen und beinahe zahnlosem Mund hält ihn eisern fest. Das Schlimmste aber ist ihr kreischendes Hohngelächter, das auf seine Art noch unerträglicher ist als das der Orks.

Der Elf wird bleich. Mit zitterndem, rechtem Arm holt er aus, um sich zu befreien, doch noch bevor das Rapier ganz erhoben ist, sinkt der junge Elf mit einem weiteren lauten Schrei des Entsetzens in die Knie.

Die Alte hat ihm die Fingernägel in das Handgelenk gestoßen und Blut fließt seinen Unterarm herab. Das alleine hätte den tödlichen Stoß des Rapiers nicht aufhalten können, aber die Alte entzieht ihm mit dunkler Magie seine Kraft durch diese Wunde. Agonie zwingt ihn zu Boden. Er lässt das Rapier fallen. „Eine Falle!", haucht er schwach.

„Ja! Und du bist einfach so hineingestolpert", kreischt die Hexe entzückt, „Ich wusste, du würdest nicht ruhen, bis du unsere Spielerei mit den Rehen bestraft hättest. Deine Idee mit dem Blitzzauber war gerissen, aber mit mir hast du nicht gerechnet, was?"

Sie stößt ein triumphierendes Gelächter aus. „Los, Orkpack! Genug gewinselt! Facht endlich das Feuer an! Wir haben heute einen Gast!", kreischt sie den Orks entgegen.

Der Himmel hat sich weiter zugezogen und ein erstes Wetterleuchten erhellt die fast schwarze Wolkendecke. Die Orks rappeln sich wieder auf. Erst murrend, dann zufrieden grunzend.

Elfen sind sonst sicher nicht so leicht in die Finger zu bekommen. War das sein Schicksal? Der junge Elf resigniert. Er ist beinahe gelähmt. Seine Augen sind geschlossen. Die Alte wendet sich gerade wieder ihm zu, als der Sturm losgeht. Heftige Winde lassen sie fast ihren Griff lockern. Mit wütendem Ächzen fuchtelt sie mit ihrer freien Hand in der Luft umher. Trotzdem wehen ihr die Winde immer wieder die eigenen schmutzigen Haarsträhnen ins Gesicht.

Der Elf bemerkt das und öffnet schwach die Augen. Er muss trotz seiner Lage fast lächeln. Noch immer fehlt ihm jede Kraft, um sich gegen den Todesgriff der Hexe zu wehren.

Plötzlich wird er auf ein Licht in kurzer Entfernung aufmerksam. Es kam aus dem Nichts und niemand anderes scheint es zu bemerken.

Es donnert. Auf einem nahen Hügel steht ein weißes Pferd – nein, ein Einhorn! Das überraschte Kreischen der Hexe verrät ihm, dass sie es jetzt auch sieht. Es bäumt sich wiehernd auf und deutet dabei mit seinem matt glänzenden Horn auf sie. Ein feiner Strahl blendend weißen Lichts verlässt das Horn und trifft die Alte direkt unter dem Hals.

Sie schreit entsetzt auf. Dann lockert sich ihr Griff, sie kippt stumm hinten über und rührt sich nicht mehr. Wankend richtet sich der Elf auf und starrt ungläubig auf den verkrümmten Leib der Alten. Dann blickt er zurück auf das Einhorn.

,Flieh! Flieh jetzt!', ruft es sanft aber eindringlich in seinem Kopf. Er steht ungerührt. Verwirrt sieht er sich um. Seine rechte Hand fährt langsam hin und her dicht über seine Wunde am linken Handgelenk. Das Blut versiegt. ,Flieh!'

Da fällt plötzlich alle Lethargie von ihm ab und er rennt los. Die beiden Orks, die sich ihm in den Weg stellen wollen, sind zu langsam. Schon ist er an ihnen vorbei und ein wütendes Geschrei bricht unter den Orks los. Doch das kümmert ihn nun nicht mehr. Schnell fliegen rechts und links schemenhaft dunkle Bäume an ihm vorbei.

Aber irgendetwas stimmt nicht. Ein Gefühl schlägt heftig Alarm. Ein Schrei reißt den Elfen aus seinen Gedanken. Er ist noch schlimmer als das Gekreische der Hexe. Es ist der Schrei eines Wesens, das nie zuvor Schmerz fühlte. „Was habe ich getan?" Wie vom Blitz getroffen steht er da mit ausgestreckten Gliedern.

Sein Gesicht ist gezeichnet von einem gedankenlos begangenen Frevel. Wie konnte er es den Orks überlassen? Siedend heiß überläuft es ihn und er stürzt zurück zum Orklager. Ohne jede Vorsicht rennt er jetzt noch schneller als zuvor.

Als er endlich nach einer gefühlt quälend langen Zeit das Lager wieder erreicht, sieht er das Einhorn in seinem verzweifelten Kampf gegen die Orks. Sie haben es vollständig umzingelt. Die Flucht ihrer sicher geglaubten Beute hat sie fast zur Raserei getrieben. Blutdurst steht in ihren roten Augen. Zahlreiche blutige Striemen ziehen sich bereits durch das schneeweiße Fell des Einhorns. Ein Orkpfeil steckt in seinem rechten Hinterlauf und verhindert eine schnelle Flucht.

Ein Ork nach dem anderen wird von dem grellen Lichtstrahl getroffen und fällt augenblicklich tot zu Boden. Doch immer wieder gelingt es einzelnen Orks, es zu erreichen und eine weitere hässliche Wunde zu schlagen.

Der Elf schreit. „Hier bin ich! Nehmt mich!" Doch die rasenden Orks bemerken ihn nicht einmal. Das Einhorn ist hinten eingebrochen und wird jetzt fast völlig von seinen Peinigern verdeckt. Ein panisches Wiehern zerreißt den Elfen fast.

Verzweifelt rennt er auf die Orks zu. Im Lauf zieht er sein Jagdmesser aus dem Gürtel. Er packt den ersten Ork mit der linken Hand um den Hals, reißt ihn zurück und stößt ihm die Klinge in die Brust. Mit einem gurgelnden Geräusch fällt der Ork auf den Rücken. Ohne ihn weiter zu beachten, greift der Elf einem anderen Ork auf das Gesicht und reißt auch ihn nach hinten. Dabei überzieht sich dessen Gesicht plötzlich mit einer Eisschicht und er jault auf. Die Klauen vor das Gesicht haltend, stolpert er davon. Da bäumt sich das Einhorn noch einmal auf und schleudert einen Ork, der seinen Kopf umklammert hatte, ein Stück weit fort.

Der Elf, der gerade sein Rapier wiedergefunden hat, nimmt es schnell auf. Das Einhorn kann mit wuchtigen Kopfbewegungen die Orks wieder auf Abstand bringen. Doch schon greifen sie wieder an. Einen Ork kann der Elf stellen. Ein weiterer Ork wird von einem Lichtstrahl gefällt. Ein dritter Ork wird auch von dem Strahl erfasst, doch dieser ist sichtlich schwächer geworden und der Ork stürmt fast unbeirrt weiter. Er läuft direkt in das gesenkte Horn. Von Ekel geschüttelt, stößt das Einhorn den aufgespießten Ork heftig zur Seite. Sein schwarzes Blut rinnt das schimmernde Horn herab, ohne eine Spur zu hinterlassen.

Keuchend blickt sich der junge Elf um. Gerade hat er seinen Gegner durchbohrt. Auch dem Ork, dem er das Gesicht magisch vereist hatte, hat er den Rest gegeben. Es rührt sich keiner mehr.

Mit einem zögerlichen Lächeln der Befreiung und schwer atmend wendet er sich um. Doch das Einhorn steht nicht hinter ihm. Es liegt ein Stück entfernt im Gras. Es kann sein Haupt kaum heben.

Er lässt das Rapier fallen und läuft rasch zu ihm. Verzweiflung zeichnet sein Gesicht. „Kann ich dir helfen? Was soll ich tun?", fragt der Elf flehend.

Das Einhorn öffnet kurz die Augen. ,Du musst deinen Weg zu Ende gehen', klingt es schwach in seinem Kopf. ,Es ist sehr wichtig. Jedes Opfer ist recht.'

Tränen laufen ihm über die Wangen. Er kniet sich hin und nimmt das Haupt des Einhorns sanft in den Arm. „Du hast mich gerettet. Wie kannst du dich für mich opfern? Wie könnte ich das wert sein?"

Seine Arme umschlingen seinen Hals. ,Ich werde immer bei dir sein', flüstert es in seinem Kopf. Dann sinkt das Haupt des Einhorns. Der junge Elf öffnet die Augen und sieht, wie das Licht in den Augen des Einhorns erlischt. Er schreit seinen Schmerz in den Himmel.

Niemals hat ein Elf mehr Schuld auf sich geladen. Der Sturm wird stärker und die Winde brausen auf. Einzelne Regentropfen mischen sich in den Sturm. Bald peitschen Windböen Tausende von ihnen durch die Luft. Noch immer hält der Elf das Haupt des Einhorns in beiden Armen.

Dessen Horn hat beim Sinken seines Hauptes eine kleine Wunde auf der Brust des Elfen hinterlassen, die sofort wieder verheilte. Allerdings ist an der Stelle eine Narbe zurückgeblieben, die beinahe so aussieht wie das Horn, das sie geschaffen hat.

Doch weder Sturm noch Wunde bemerkt der Elf. Sein Schmerz findet kein Ende. Wie konnte etwas so Reines sein Leben für ihn opfern? Wie konnte er das zulassen und weiterleben? Quälende Gedanken foltern ihn. Mehr als einmal sieht er zu seinem blutigen Rapier hinüber.

Der Sturm legt sich langsam. Doch was sagte das Einhorn? Er solle seinen Weg zu Ende gehen? War das der Grund? Auch der Regen ebbt ab. Der leblose Körper des Einhorns wird plötzlich ganz leicht. Er wirkt jetzt fast durchsichtig. Tatsächlich, er löst sich auf! Weiße Nebel lösen sich von ihm. Erst schweben sie über den Boden, dann steigen sie auf und verlieren sich schließlich im Wind.

Ungläubig starrt der junge Elf auf die Nebelschwaden, die sich seinen Armen entwinden. Zurück bleibt nur das alabasterfarbene Horn. Er nimmt es in die Hand und streichelt es zärtlich.

Die Sonne bricht wieder durch die Wolkendecke. Einzelne Strahlen fallen durch sie hindurch auf die Erde. Er richtet sich auf und blickt in den Himmel. Erkenntnis flutet über sein Gesicht. „Das war sie also", ruft er grimmig. „Die Antwort auf meine Zweifel."

Kapitel 3

Durch die Nacht

Der Tag ist schon alt. Um sich herum liegen, sieht der junge Elf die grausamen Überreste der Schlacht. Ein Fuchs hebt vorsichtig seinen Kopf hinter einem Busch empor und überblickt interessiert die Lichtung. Der Elf muss lächeln. „Lass dich nicht stören, mein Freund", flüstert er. „Ich bin gleich fort." Langsam erhebt er sich und sammelt seine Habe ein. Das Horn kann er noch nicht aus der Hand geben. Es hat sein Schimmern fast ganz verloren.

Ohne sich noch einmal umzudrehen, lässt er alles andere hinter sich und geht der untergehenden Sonne entgegen. Ihre goldenen Strahlen blenden ihn fast. Doch er will jetzt ohnehin nichts mehr sehen.

Es ist schon dunkel, als der junge Elf einen schmalen Fluss erreicht. Das Wasser fließt langsam. Fast völlig lautlos gleitet es stoisch seinem fernen Ziel entgegen. Ein schmaler Trampelpfad führt den Elfen zum flachen Ufer herab. Hier kann er sich endlich notdürftig vom Orkgestank befreien. Das schwarze Blut klebt an seiner Kleidung, seinen Waffen und an ihm selbst. Schnell zieht er sich aus.

Zuerst wäscht er sich und das Horn. Er hüllt es in ein weiches Ledertuch und befestigt es mit Lederbändern am Gürtel. Dann säubert er auch seine Kleidung und seine restliche Ausrüstung. Der Fluss nimmt willig den Schmutz mit. Doch alles kann er nicht fortspülen. Schwere Gedanken lasten auf dem Elfen.

Erschöpft geht er noch ein Stück in den Auwald hinein, dann lässt er sich auf einen geschützten Platz mit altem Gras fallen. Er betrachtet die Wunde an seinem Handgelenk, die ihm die Hexe zugefügt hat. Wieder und wieder fährt er mit der rechten Hand darüber hinweg und jedes Mal ist die Wunde etwas kleiner. Doch bald zeigt sein Heilzauber kaum noch Wirkung. Die Wunde ist noch immer zu erkennen. Aber wenigstens ist der brennende Schmerz in der Hand einem dumpfen Taubheitsgefühl gewichen.

Er holt die Elfenblüte hervor und betrachtet sie traurig. Sie sieht noch fast so frisch aus wie am ersten Tag seiner Reise, trotz der langen Zeit, die seitdem vergangen ist.

Er schließt die Augen. Mit einem Ruck trennt er eines der Blütenblätter ab und schiebt es sich in den Mund. Schon nach kurzem Kauen spürt er die Kraft, die ihm das weißgelbe Blütenblatt zurückgibt. Wärme breitet sich in ihm aus. Sie mildert die Sorgen in seinem Gesicht. Er wickelt sich eng in seinen Mantel und schläft sofort ein.

Kein Albtraum störte das ersehnte Vergessen in dieser Nacht. Die Elfenblüte linderte offenbar nicht nur die körperlichen Wunden.

Die fahle Sonne weckt den Elfen heute erst spät. Nur mit Mühe kann er sich aufraffen, aufzustehen. Seine Glieder fühlen sich bleiern an. Aber er muss jetzt nach Mórak und das noch vor Anbruch der *Langen Nacht.* Seine Hand versichert sich unwillkürlich der Anwesenheit des Horns an seinem Gürtel.

Die Wunde an seinem Handgelenk ist fast verschwunden, aber eine hässliche Narbe wird bleiben. Schwermütig blickt er nach oben. Der Himmel ist grau. Er spiegelt das Gemüt des jungen Elfen wider. Die Tage scheinen dem Jahresende zuzufliegen. Blätter sind kaum noch an den Bäumen zu sehen und der kühle Wind atmet bereits den Winter. Einige Rabenkrähen sitzen in den kahlen Wipfeln. Silváhedon ist nur noch ein schöner Traum.

Noch am selben Tag legt sich eine dünne Schneeschicht über die überwiegend eingeschlafene Natur. Der junge Elf zieht weiter Richtung Westen. Es folgen kurze Tage und lange, einsame Nächte. Sein Gesang kann nicht verhindern, dass sich sein Gemüt dem schneebedeckten Erdboden, den finsteren, kahlen Bäumen, dem grauen oder schwarzen Himmel und der Stille annähert. Ja, diese Stille! Tagelang wandert er nun schon in fast vollkommener Stille. Nur sein Atem und seine Schritte stören sie in immer gleichem Rhythmus. Seine Gedanken sind laut.

Es ist Mittag. Die Sonne ist verdeckt hinter dem dichten, grauen Schleier des Winterhimmels. Auf einem Stück freien Feldes stehen ein paar vertrocknete Sonnenblumen. Ihre Samen bieten Nahrung für die wenigen noch wachen Wesen. Der junge Elf bedient sich gerade an einer alten, brüchigen Sonnenblume, als ihr großer Kopf mit einem unerwartet lautem Knacken abbricht. Er zuckt zusammen. Doch diese unverschämte Störung der herrschenden Stille verhallt offenbar ungehört zwischen den Schneewehen. Nicht ein Vogel flattert auf. Kein anderes Wesen scheint da zu sein, es zu hören.

Es ist mehr an dieser Stille. Die *Lange Nacht* ist nicht mehr fern, aber es kann nicht nur das kommende Jahresende sein, das die Tiere schweigen lässt. Etwas anderes liegt in der Luft. Bald wird sich etwas tun.

Der Elf klettert einen Baum hinauf und späht sorgenvoll gen Westen. Eigentlich müsste die Zwergenfestung bald zu sehen sein, aber er sieht nichts anderes als schneebedeckte Wipfel. Geduldig tragen die Bäume die weiße Decke des Winters. Keine Eule wacht über dem Treiben der Mäuse. Vielleicht, weil auch von denen jede Spur fehlt.

Vorsichtig klettert er wieder herab und setzt seinen Weg fort. Seine Schritte sind schneller als zuvor. Egal was da kommt, er muss es vorher bis Mórak schaffen. Das spürt er genau.

Es ist bereits weit nach Sonnenuntergang, als der Elf sich in einem alten, hohlen Baum zum Schlafen niederlegt. Die Entscheidung hierfür war sofort getroffen, als der Baum in Sicht kam.

Der *Reifende Mond* nähert sich bereits seiner vollen Blüte. Sein fahles Leuchten lässt den Elfen trotz seiner Erschöpfung nicht einschlafen. Es sind nur noch wenige Tage bis zur *Langen Nacht*.

Als er dann doch endlich einzudämmern beginnt, bemerkt der Elf, dass das trügerische Licht des Mondes die schlafende Natur zu einem seltsamen und grotesken Unleben zu wecken scheint. Überall, wo es hinscheint, zeichnen sich geisterhafte Gesichter ab.

Bäume, Steine und Bäche haben jetzt gequälte Fratzen, die vom Licht getrieben, sich winden.

Selbst der Himmel ist seltsam von rasant die Form wechselnden Wolken belebt, die vom schieren trüben Scheinen des Mondes stetig durchgewalkt werden.

Plötzlich erbebt die Erde. Bäume und Steine lösen sich aus dem losen Untergrund und wanken ziellos umher.

Die bleichen Wolken verlassen den sternlosen Himmel und streifen in Nebelfetzen zwischen den wandelnden Bäumen und Steinen hindurch. Selbst der alte Baum, der den Elfen bisher geschützt hat, beginnt nun zu zittern und seine Wurzeln auszureißen. Der Elf ist wie gelähmt. Er kann sich nicht rühren.

Doch noch bevor der Baum vollständig frei ist, fliegt einer der Nebelfetzen mit zornigem Antlitz durch die Öffnung im Baum und umhüllt den Elfen ganz und gar mit seinem feuchtkalten Leib. Er schreit.

Dann ist alles wie vorher. Der Elf blickt sich verwirrt um. Es war nur ein Albtraum, der jetzt wie ein Schauer von ihm abfließt. Der alte Baum, der ihm Obdach geboten hat, zittert und knarrt laut im aufkommenden Schneetreiben. Einige abgestorbene Teile des Baumes sind bei dem Sturm herausgebrochen, und Schneeflocken bedecken den Elfen bereits.

Schnell steht er auf und schüttelt den Schnee von seinem Mantel. Obwohl es noch Nacht ist, macht er sich wieder auf den Weg. Ein kurzer mitleidiger Blick fällt noch zurück auf den langsam sterbenden Baum, als er aufbricht.

Es dämmert bereits, als er ein Hochmoor erreicht. Einzelne kleine knorrige Bäumchen haben hier ihren Platz zwischen den niedrigen Sträuchern. Ein gleichgültiger Winterhauch bläst Schneewirbel zwischen ihnen hindurch und weht in einiger Entfernung zischend in hohen Bäumen. Sein Lied findet ein Echo in der Seele des Wanderers.

Das Schneegestöber endet bei Sonnenaufgang. Einen langen, bizarren Schatten wirft der junge Elf voraus, während er über eine größere schneebedeckte Waldlichtung geht. Noch immer ist das Ziel nicht in Sicht. Es soll eine alte Menschenstraße geben, die südlich des Kristallsees direkt nach Mórak führt. Er hätte längst auf sie treffen müssen. Sie führt fast einmal um den See herum und ist deshalb kaum zu verfehlen.

Woher der Kristallsee seinen Namen hat, weiß kaum noch jemand. Er soll grün sein wie ein Waldteich. Jetzt wird er zugefroren und mit Schnee bedeckt sein. Der Elf ist ruhelos. Wenn er ihn nur finden würde.

Doch auch die folgenden Tage bieten keine Anzeichen dafür, dass er auf dem richtigen Weg ist. Nur Meere schneebedeckter Bäume, die sich mit kleinen Lichtungen und halb zugefrorenen Bächen abwechseln. Die Kost wird immer karger und der Elf muss sich gelegentlich Erdmagie bedienen, um überhaupt etwas Essbares in den Bauch zu bekommen.

Das Gefühl eines drohenden Unheils ist noch stärker geworden. Verzweiflung schleicht sich in sein Herz. Heute ist der letzte Tag des Jahres und bei Sonnenuntergang beginnt die *Lange Nacht*. Den ganzen Tag lang läuft der Elf schon so schnell es ihm seine verbliebenen Kräfte erlauben.

Mittags ist der Grat zu sehen, der den weiteren Ausblick gen Westen verdeckt. Von dort oben müsste er die gesamte Umgebung überblicken können.

Doch die unbarmherzige Sonne sinkt schneller, als die müden Beine des Elfen den Grat hinauflaufen wollen. So nimmt er wieder ein Blatt der Elfenblüte und schöpft daraus neue Kraft. Noch immer ist das Weiß des Blütenblattes kaum dunkler als der Schnee.

Die Sonne ist kaum noch am Horizont zu erkennen, als der Elf endlich den Grat erreicht. Noch außer Atem sieht er sich um. Direkt unterhalb des hohen Grates erstreckt sich im Westen strahlend eine gigantische, schneebedeckte Ebene. Kaum zu erahnen ist der Waldrand an ihrem Ende. Sonst sind wieder nur die weißen Wipfel zu sehen.

Schon will er enttäuscht den Kopf sinken lassen, da fällt ihm ein heller Punkt an der jenseitigen Grenze der Ebene auf. Nein, es sind mehrere Punkte. Es scheinen Feuer zu sein. Angestrengt versucht der junge Elf Genaueres zu erkennen. Die Feuer sind nicht auf dem Boden. Sie sind ungefähr auf Wipfelhöhe. Wie kann das nur sein? Das können nur die Signalfeuer auf den Türmen von Mórak sein!

Er weiß, es ist altes Zwergengesetz, dass vor der *Langen Nacht* Feuer angezündet werden müssen, um verirrten Wanderern den Weg zu einer sicheren Unterkunft zu zeigen. Sicher haben schon unzählige Wanderer ihr Leben diesem Gesetz zu verdanken, denn in dieser Nacht begehen die Anhänger des Chaos ihr größtes Fest. Jede *Mondblüte* gibt ihren Priestern große Macht und die hält natürlich besonders lange in dieser Nacht vor. Es heißt, sie könnten sogar die Sonne kurz verdunkeln, an einem von den Chaospriestern bestimmten nahen Zeitpunkt.

Unheimliche Dinge sollen auf diesen schaurigen Festen vorgehen. Von schamlosen Vergnügungen, rituellen Opferungen und Beschwörungen unnatürlicher Kreaturen wird gemunkelt.

Die Signalfeuer werden deshalb bei Mondaufgang gelöscht, um nicht die gefährliche Aufmerksamkeit der falschen Wanderer zu wecken. Wer bei Mondaufgang noch nicht in einem sicheren Unterschlupf ist, der gehört freiwillig oder unfreiwillig dem Wahnsinn dieser Nacht.

Die Überreste dieser Feiern müssen, zumindest bei den Menschen und Zwergen, meistens von Kosmospriestern beseitigt werden, um die schwächeren Gemüter zu schützen. Die Elfen sind von diesen Festen weniger betroffen, da sie sich nur selten mit Kosmos oder Chaos einlassen. Sie misstrauen den Urkräften und ziehen ein natürliches Gleichgewicht zwischen ihnen vor.

Der Augenblick der Freude weicht schnell dem würgenden Gefühl der Zeitnot. Wie soll er Mórak erreichen, bevor die Feuer gelöscht und die Tore endgültig verschlossen werden?

Er rennt los, den hohen Grat herab. Die Zeit muss einfach reichen. Die Strapazen der letzten Tage lasten schwer auf den Beinen des Elfen. Trotzdem muss er sich nun beeilen. Viel größer als sonst sind seine fliegenden Schritte und mehr als einmal bringt ihn eine tückische Unebenheit zu Fall. Doch immer wieder springt er auf und rennt weiter. Rücksichtslos stürmt er vorwärts. Die Sonne verschwindet.

Die Feuer erlöschen kurz darauf. Dunkelheit legt sich über die Ebene. Schiere Verzweiflung droht den letzten Rest seines Kampfeswillen zu bezwingen. Er wird langsamer. Mórak ist nur noch ein stummes und starres Ungeheuer am Rande der Ebene. Es ist zwar merklich näher gerückt, doch nun ist es zu spät.

Plötzlich erschallt ein vieltausendfacher, schriller Aufschrei des Entzückens und des Wahnsinns. Der Mond geht auf! Der Elf senkt den Kopf. Er weiß es, ohne sich umzudrehen. Seine Schritte erlahmen.

Schnell kriecht die Lichtfront des Mondscheins über die Ebene und verschlingt alles in ihrer Bahn. Als sie auch den Elfen überholt, erfasst ihn Entsetzen. Die schneebedeckte Ebene erstrahlt nicht im gewohnten fahlen Weiß, sie ist ganz in Gelb getaucht! Es ist *Fiebermond*!

Der Elf lässt sich rückwärts in den Schnee fallen. Er wendet sich um und starrt ungläubig in den gelben Mond, von dem bisher nur ein ganz kleines Stück über dem endlosen Horizont zu sehen ist.

Seine waldteichgrünen Augen wirken stumpf. Das Licht ist sanft wie immer, aber trotzdem stimmt etwas nicht. Die Angst ist fort.

Der junge Elf hört sich leise kichern. Er richtet sich auf und geht weiter. Eigentlich schlendert er mehr. Neugierig blickt er sich um. Ein schelmisches Grinsen macht sich auf seinem Gesicht breit. Von allen Seiten tauchen bald Gestalten verschiedener Größe auf. Sie scheinen auch dem Ruf des *Fiebermondes* zu folgen und stapfen langsam und scheinbar ziellos durch den Schnee.

Der Elf lächelt ihnen entgegen. Immer mehr Gestalten erscheinen. Alle ziehen dem unsichtbaren Versammlungsort entgegen. Es sind alles Menschen: Männer, Frauen, sogar Kinder, die gerade erst laufen können. Fast jedes Alter ist dabei. Alle haben einen verzückten Gesichtsausdruck.

Das Ziel ist erreicht. Die kichernde Masse steht dicht gedrängt auf einem kleinen schneebedeckten Hügel, mitten unter ihnen: der Elf. Der Mond hat den Horizont verlassen und erstrahlt jetzt in ganzer Macht.

Da tritt eine große hagere Gestalt aus der Gruppe hervor und gebietet mit weit ausholenden Armbewegungen den anderen Abstand zu halten. Es ist ein Mann höheren Alters, auf dessen flacher Stirn ein dunkler, unförmiger Fleck prangt.

Seinen Schläfen entspringen Auswüchse, die grob an ein schwarzes Geweih erinnern. Sie sind gänzlich unregelmäßig und bewegen sich langsam wie Baumkronen im Wind. Zerzauste, schwarzgraue Haare bedecken seinen Kopf. Seine zerfurchten Züge wechseln den Ausdruck zu schnell, als dass man ihn erfassen könnte. Unzählige Stimmungen ziehen innerhalb eines Herzschlags über sein Gesicht.

Er schreitet wankend in die Bresche der tosenden Menschenmenge, die sich schnell vor ihm öffnet. Sein geschunden wirkender, dürrer Körper wird nur sehr spärlich von groben Fetzen verschiedener Pelze bedeckt.

Im Zentrum angekommen dreht er sich wild um sich selbst, erst langsam, dann fast so schnell, dass er sein labiles Gleichgewicht verliert. Plötzlich reißt er die Arme hoch und brüllend zischt eine grellweiße Flammensäule gen Himmel.

Der walnussgroße, fast schwarze Fleck auf seiner Stirn verfärbt sich in grellen Farben und seine Umrisse zerfließen. Zuerst in einer festen Form, nimmt er jetzt schnell verschiedene ungleichmäßige Formen an. Ein entzückter Aufschrei geht durch die Menge. Die Augen sind geweitet und spiegeln glänzend den Feuerschein wider.

Doch schon nach einem kurzen Augenblick fällt die Flammensäule wieder in sich zusammen und bildet nur noch etwas, das wie ein großes Lagerfeuer aussieht. Allerdings ist da kein Holz, das es speisen würde.

Das Gesicht des Chaospriesters nimmt jetzt vermehrt zufriedene Züge an. Mit großer Wonne starrt die ganze Gruppe in die Flammen, die überwiegend eine natürliche Farbe haben, sich aber immer wieder spontan unnatürlich verfärben.

Bewegung kommt in die Menge. Einzelne Menschen nähern sich dem seltsamen Feuer. Einige kriechen hin und versuchen hervorlodernde Flammenzungen zu ergreifen.

Ein junger, schlanker Mann mit wirrem, blondem Haar umkreist das Feuer wild zuckend mit schnellen Schritten, ohne seinen Blick davon abzuwenden.

Immer wieder scheint er in das Feuer treten zu wollen, aber er weicht dann doch stets im letzten Moment zurück. Schließlich packt ihn der Chaospriester und schleudert ihn mitten ins Feuer. Zuerst schreit der junge Mann in Panik, als seine Kleiderfetzen Feuer fangen, dann aber bemerkt er, dass er selbst nicht verbrennt. Euphorie erfasst ihn und findet in einem wilden Tanz ihren Ausdruck.

Das Feuer hat sich gerade hellblau verfärbt, als der Chaospriester mit seinen groben, knorrigen Händen kleine hastige Bewegungen ausführt. Mit jeder Bewegung verändert sich der Körper des mittlerweile nackten Mannes im Feuer. Eine Bewegung mit dem ausgestreckten Handrücken von oben nach unten und die Haut des Mannes nimmt in fließenden Helligkeitsstufen das Blau des Feuers an.

Eine kleine Zupfbewegung mit beiden Händen und dem Rücken des Mannes entsprießen große Hautlappen, die von den Armen bis zu den Beinen reichen. Bei einigen Handbewegungen des Priesters ist keine Wirkung zu erkennen. Schließlich erhebt sich eine Kreatur in die Luft, die nicht mehr viel mit einem Menschen gemein hat. Sie ist sehr viel schlanker und ihr Schrei gleicht dem eines großen Raubvogels.

Die Menge hat die Verwandlung gebannt verfolgt und drängt jetzt stärker auf das Feuer zu. Doch der Priester hält sie mit wilden Gesten und auch gelegentlichen Tritten und Schlägen zurück. Einzeln lässt er seine willigen Jünger ins Feuer treten und verwandelt jeden auf eine andere Weise. Einige bekommen tierartige Auswüchse wie Hörner, Flügel und Schwänze. Andere haben jetzt völlig verformte Körper oder sind nur noch schwierig zu erkennen, weil sie jetzt teilweise durchsichtig sind oder eine schnell wechselnde Hautfarbe haben. Mehr und mehr verwandelte Menschen streifen bald durch die gelbe Ebene, ihr neues Ich erforschend. Wilde, unmenschliche Schreie erfüllen die Weite.

Ein Teil der Verwandelten kriecht nur noch aus dem Feuer. Viele von ihnen sterben bald. Ihr neuer Körper war nicht lebensfähig. Auch einige der Unverwandelten fallen bald dem Gedränge oder den Verwandelten zum Opfer, die ihre neuen Fähigkeiten an ihnen erproben. Durchbohrt von Stacheln, niedergetrampelt von Hufen oder einfach zerrissen von scharfen Zähnen und Klauen liegen einige Menschen, aber auch einige der Verwandelten in ihrem Blut. Noch immer drängen sich Freiwillige um das Feuer.

Eine große Frau verwandelt sich gerade im rotbraunen Feuer in ein Wesen, das einem gigantischen Insekt ähnelt. Ein kleiner bleicher Junge drängelt sich in die erste Reihe der Umstehenden. Fasziniert starrt er auf die formbare Masse im Feuer. Er läuft bis dicht an das Feuer und ohne den Blick abzuwenden, spreizt er drei Finger seiner linken Hand ab. Das Insekt im Feuer bildet einen Schwanz aus, mit drei langen Stacheln am Ende. Stumm formt sich ein Lächeln auf dem Gesicht des Jungen.

Der alte Chaospriester wirft einen kurzen Blick auf den Jungen, der nacheinander Unsicherheit, Angst, Unglaube und Wut ausdrückt, um dann mit grandioser Armbewegung das Insektenwesen aufsteigen zu lassen. Es entfaltet verschiedene kleine Flügel und fliegt tief brummend davon.

Der nächste Freiwillige, ein Mann mittleren Alters, springt ins Feuer und erwartet mit Wahnsinn im Blick seine Verwandlung. Doch noch bevor ihm der alte Chaospriester seine Aufmerksamkeit widmen kann, beginnt der Junge emsig, mit den Händen in der Luft einen neuen Körper zu formen. Die flackernden Züge des Priesters zeigen immer häufiger Wut und Hass. Seine glühenden, schwarzen Augen sind nur noch auf den Jungen gerichtet.

Wie kann er es wagen? Sein Gesicht zeigt nur noch Hass. „Ich bin in einer Nacht wie dieser gezeugt und geboren worden!" Seine kreischende Stimme übertönt kurz das Getöse der Menge.

Der Junge scheint nichts zu hören und macht ungerührt weiter. Da stürmt der Priester brüllend auf den Jungen los und stößt ihn mit seinem Geweih zu Boden. Einige Enden des Geweihs bohren sich in das Fleisch des Jungen, der laut aufschreit. Die unvollständige Kreatur im Feuer verbrennt augenblicklich mit einem schrillen Schrei. Schwer atmend und mit hassverzerrtem Gesicht starrt der Priester dem Jungen in die Augen.

Da sieht er plötzlich, wie sich ein walnussgroßer, unförmiger Fleck auf der Stirn des Jungen bildet, der in denselben grellen Farben leuchtet wie sein eigener.

„Nein! Er ist unwürdig!", brüllt der Chaospriester. Sein Kopf ist rot angelaufen. „Ich reiße dich in Stücke!", knurrt er.

Und schon zerren die Enden seines Geweihes am Körper des kleinen Jungen, der vor Schmerz aufschreit. Mit einem Ruck teilt sich der Körper des Jungen in zwei Teile. Doch beide Teile sind vollständig! Es sind zwei identische Jungen, beide allerdings mit nur einem halben Fleck auf der Stirn. Einer mit dem linken, einer mit dem rechten Teil des Flecks. Obwohl beide Teile noch immer ständig ihre Form ändern, so würden sie doch in jedem Augenblick nahtlos zusammenpassen.

Ungläubige Wut raubt dem Priester den Atem. „Tod den Feinden des *Unsteten Zeichens!*", presst er keuchend hervor. Im selben Moment fällt der Priester in sich zusammen. Die beiden bleichen Jungen liegen dicht bei seinem zuckenden Geweih. Es wird still.

Die Anwesenden sehen sich hilflos an. Was ist da gerade passiert? Wird es jetzt keine Verwandlungen mehr geben? Unsicherheit breitet sich aus. Ein Stimmengewirr bricht die Stille.

Da stehen die beiden Jungen auf. Sie sind unverletzt. Kurz betrachten sie die Leiche des alten Chaospriesters. Der Fleck auf seiner Stirn ist verschwunden. Ungerührt steigen sie über die Leiche hinweg, hin zum Feuer.

Einer der beiden spricht ruhig und mit einem Lächeln zum nächsten Freiwilligen: „Komm, tritt ins Feuer." Es ist der Elf. Der hebt freudig den Kopf und will schon ins Feuer springen, als ihn ein hünenhafter Mann mit dunklem Vollbart von hinten packt und hochstemmt.

„Ich bin jetzt dran!", brummt er drohend. Und mit einer gewaltigen Bewegung wirft er den verwirrten Elfen über die Umstehenden hinweg. Der Elf schreit entsetzt. Dann schlägt er mit einem dumpfen Geräusch im Schnee hinter dem Hügel auf. „Warte brav, bis du dran bist!", ruft ihm der Riese noch höhnisch hinterher.

Zornerfüllt rappelt sich der Elf auf und wischt sich die nassen, weißblonden Strähnen aus dem Gesicht. Doch dann fällt er wieder auf die Knie. Er hält sich den Kopf und stöhnt. Der gelbe Wahnsinn löst sich auf und hinterlässt eine raue, kalte Wirklichkeit. Das fahle Licht des *Fiebermondes* erreicht ihn hinter dem Hügel nicht mehr. Er ist in dessen Schatten und in dem der Gruppe, die um das Feuer herumsteht.

Dieses Licht! Er zieht seinen Mantel weit über sein Gesicht. Doch er merkt schnell, dass ihn das nicht lange vor der verwirrenden Wirkung des Mondlichts schützen kann.

Er schließt die Augen, sammelt seine letzten Kräfte und konzentriert sich. Seine Magie muss jetzt helfen. Nebel würde das Licht sicher abschwächen. Er könnte die Umgebung in trübes Zwielicht tauchen.

Der Elf öffnet die Augen und bewegt die Arme schweifend über die schneebedeckte Fläche. Er aktiviert das magische Wasser im Smaragd seines Stirnringes und vereinigt es mit der magischen Luft aus seiner Kraftquelle Geist. Überall dort, wo seine Hände hindeuten und sein Blick hinfällt, löst sich der Schnee vom Boden ab und zerfließt langsam in Nebelschleiern. Der Raum um ihn herum füllt sich nach und nach mit Nebelschwaden, die dem Blick der Wesen und dem Licht des Mondes die Weite nehmen.

Der Elf kann die Türme von Mórak gerade noch erahnen. Sie sind jetzt deutlich größer als zuvor. Er muss einen weiten Weg gegangen sein, als er unter dem Bann des *Fiebermondes* stand. Jetzt ist alles unwirklich wie ein Traum, aus dem man gerade erwacht ist.

Er geht los. Der Nebel hüllt ihn ganz ein. Um ihn herum streifen noch immer einige der Kreaturen dieser Nacht. Meist sind sie nur zu hören, und wenn sie einmal nahe genug sind, um sie zu sehen, erfasst ihn ein Schauer bei ihrem Anblick. Er weicht ihnen so gut wie möglich aus.

Da hört er das tiefe Brummen der riesenhaften Insektenkreatur hinter sich, das schnell lauter wird. Ihm bricht der Schweiß aus. Doch es fliegt über ihn hinweg und er kann kurz seine gewaltige Größe erahnen, bevor es wieder aus seiner Sicht verschwindet. Er geht langsam weiter.

Einmal sieht er etwas mit unzähligen, unterschiedlichen Beinen in der Nähe krabbeln. Doch es kümmert sich nicht um ihn. Wenn er nur unentdeckt bleiben würde!

„Wo willst du hin?", krächzt es über ihm. Die blaue Vogelkreatur ist auf den Elfen aufmerksam geworden. „Die Nacht ist noch lange nicht zu Ende!" Der Elf erstarrt. „Meine Augen vertragen das Licht nicht mehr. Ich muss hier weg!" „Das Licht! Das Licht!", krächzt die Vogelkreatur aufgeregt. „Er verträgt das Licht nicht!"

Der Elf zwingt sich weiterzugehen. Diese Antwort war nicht gut. Das Geschrei ist so laut, dass nach und nach auch andere Verwandelte aufmerksam werden. Sie geben den Ruf rasch weiter. „Er verträgt das Licht nicht", klingt es in den verschiedensten Stimmen verblüfft über die Ebene.

Schließlich dringt der Ruf auch zu dem Hügel mit dem Feuer. Die beiden Jungen haben die Verwandlungen der vielen Freiwilligen inzwischen beendet und sehen gerade zufrieden auf ihr Werk.

Der Ruf lässt sie aufhorchen. Der Eine runzelt die Stirn und fragt: „Wer verträgt hier das Licht nicht?" Der Andere: „Kann doch sein."

Sie sehen sich an. Dann rufen beide gleichzeitig: „Lasst ihn laufen!" und „Holt ihn euch!"

Einige der Verwandelten stoßen verschiedene Laute der Verwirrung aus. Die Jungen sehen sich wieder an und lachen dann aus vollem Hals.

Der junge Elf zuckt zusammen, sieht sich aber nicht um, sondern geht schneller. Sein Herz schlägt hastig. Die Blicke der Verwandelten brennen in seinem Rücken.

Der eine Junge deutet jetzt fragend auf sich, der Andere nickt nur gleichgültig. „Holt ihn euch!", ruft der Eine grinsend.

Ein lautes Aufjohlen ist die freudige Antwort, und ohne darüber nachzudenken, rennt der Elf los. Mórak ist nicht mehr weit.

Heulend saust die Vogelkreatur dicht über seinem Kopf hinweg. Die Zwerge müssen ihn einfach hineinlassen! Sein Herzschlag pocht ihm im Hals. Wieder zischt die Kreatur an dem Elfen vorbei und reißt diesmal ein Stück seines Mantels ab.

Weiter! Weiter! Hinter ihm hört der Elf das Trampeln von Hufen. Einige der Verwandelten werden ihn vielleicht einholen können! Weiter! Weiter! Und schon kündigt die Vogelkreatur mit einem krächzenden Schrei ihren nächsten Angriff an, doch blitzschnell zieht der Elf sein Rapier aus dem Futteral und stößt es hinter sich. Tatsächlich trifft er seinen Verfolger mitten im Flug. Ein hässliches Geräusch ist alles, was der Elf noch von ihm hört, als er das Rapier loslässt und weiterrennt.

Die Umrisse von Mórak sind jetzt deutlich zu sehen. Es ist nicht mehr weit! Doch auch seine Verfolger nähern sich. Schon werden die Beine des Elfen wieder müde. Die Erde erbebt unter scheinbar zahllosen Hufen hinter ihm. Er traut sich nicht, sich umzusehen.

„Ich glaube, jetzt bist du dran!", dröhnt eine tiefe Stimme hinter ihm. Sie klingt ähnlich wie die des bärtigen Hünen. Die Kraft schwindet aus den Beinen des Elfen.

Er stolpert fast, als er sich wieder auf die Kräfte in seinem Smaragd konzentriert. Neue Kraft fließt in seine Beine.

Sie gehorchen ihm wieder und er wird schneller. Und wenn es nur ein paar Herzschläge mehr sind! Aber das Donnern der Hufe kommt näher. Es ist schon fast bei ihm.

Die Nebelschwaden werden jetzt dünner. Plötzlich wird es heiß in seinem Rücken. Das Gelände wird uneben. Einzelne Hügel tauchen auf. Der Elf läuft auf einen steilen Steinhaufen zu.

Erst im letzten Moment wirft er sich nach links. Sein Verfolger prallt im selben Moment mit ungeheurer Wucht auf den Steinhaufen. Die Erde erbebt und der Schnee wird in wilden Fontänen aufgewirbelt. Der Elf kann sich abrollen und rennt, schwer atmend, weiter einen alten Weg entlang. Er konnte seinen Verfolger nicht erkennen.

Ein tiefes Wutgebrüll lässt den Elfen im Lauf erschauern. Wieder erzittert der Boden hinter ihm unter schweren Hufen. Die Gewalt, die von ihnen ausgeht, erdrückt fast sein Herz.

Wind kommt auf. Er kann die müden Augen kaum noch offen halten. Schwindel überkommt ihn. Er taumelt.

Mórak! Der Weg führt jetzt bergauf. An seinem Ende ist eine alte trutzige Festung mit einem schweren, beschlagenen Tor zu sehen. Aber seine Kräfte lassen auch wieder nach. Mit letzter Kraft zwingt er sich weiterzulaufen.

Hinter ihm faucht etwas laut auf. Wieder diese Hitze. Der Mantel brennt! Er löst ihn reflexartig, dann stolpert er. Die Arme schwingen auseinander, der schneebedeckte Weg fliegt ihm entgegen. Das ist das Ende!

Doch der Weg fliegt noch immer an ihm vorbei! Er spürt eine Kraft, die ihn hält – in der Luft hält! Die Winde! Seine Freunde, sie halten ihn in der Luft. Er fliegt Mórak entgegen. Wieder faucht es hinter ihm auf. Er spürt die Hitze, aber sie erreicht ihn kaum noch. Die schwarzen Mauern von Mórak stürzen ihm entgegen.

Kurz vorher erfasst ihn eine starke Böe und er wird über die Zinnen geschleudert. Er prallt hart auf den Boden des Wehrgangs hinter den Zinnen. Ihm schwinden die Sinne.

Kapitel 4

Feste Mauern

Es ist warm. Da sind raue, tiefe Stimmen. Was sagen sie? Die Laute sind ungewohnt. Sie klingen aufgeregt. Der junge Elf stöhnt. Die Stimmen verstummen. Er wendet den Kopf zur Mitte und öffnet die Augen einen Spalt weit. Licht. Umrisse erscheinen. Er liegt in einem Holzbett und ist mit einer Wolldecke zugedeckt. Er trägt nur seinen Lendenschurz. Seine Kleidung liegt zusammen mit seiner restlichen Ausrüstung in einer Ecke. Zwei Fackeln erhellen den fensterlosen Raum. Es riecht ziemlich muffig. Kein Windzug frischt die Luft auf.

Zwei breite, vollbärtige Gesichter blicken ihn skeptisch, aber auch neugierig an. Im Hintergrund steht eine weitere, stumme Gestalt. Sie ist klein und gedrungen. Sie hält eine große Axt in der Hand. Die beiden Gesichter ziehen sich ein Stück zurück und es wird sichtbar, dass auch diese zu kleinen gedrungenen Körpern gehören. Beide sind ganz in schlichtes Leder gekleidet.

Die rechte Gestalt hält jetzt einen Krug in der Hand und führt ihn dem Elfen zum Trinken zu. Er nimmt einen kleinen Schluck und ist plötzlich hellwach. Diese Flüssigkeit brennt wie Feuer, er muss husten, Tränen treten ihm in die Augen. Was ist das? Er will sich aufrichten, doch Schmerzen im ganzen Körper zwingen ihn, sich gleich wieder zurückfallen zu lassen.

Die beiden Gestalten sehen sich fragend an, dann sagt die linke Gestalt wieder etwas in der fremden Sprache. Die rechte Gestalt verschwindet kurz und bringt bald einen zweiten Krug mit. Wieder bietet sie ihn dem jungen Elfen an. Dieser hat eigentlich keine Wahl. Er muss jetzt etwas trinken. So nimmt er zögerlich einen weiteren Schluck, dann noch einen, dann leert er den Krug ganz. Es ist reines Wasser. Nur ein warmer Geschmack nach einigen bekannten und vielen unbekannten Kräutern bleibt noch vom ersten Trank. Zwerge müssen Kehlen aus Holz haben.

„Mórak?", fragt der Elf schwach. „Mórak", brummt die linke Gestalt würdevoll. Müde blicken die Augen des Elfen in die seiner beiden Gegenüber. „Gut", sagt er.

Wieder sehen sich die beiden Gestalten fragend an. Dann beginnt die rechte Gestalt langsam, mit für sie offenbar ungewohnten Worten, zu sprechen. „Schmerzen – schwer?"

Der Elf stutzt kurz, dann schüttelt er vorsichtig den Kopf. Er deutet ein Lächeln an. „Nein." Die rechte Gestalt erwidert das Lächeln kurz, dann wird sie wieder ernst.

Der Zwerg hat wie er selbst die *Alte Sprache* benutzt. Der Seher hatte ihm schon früh davon berichtet und sie ihm später beigebracht. Die fremde Sprache ist sicherlich die Sprache der Zwerge. Die *Alte Sprache* ist ein Relikt aus besseren Zeiten. Irgendwann einmal hatte ein mächtiger Herrscher der Menschen viele Völker unter seiner Krone vereinigt.

Damals wurde eine einfache Sprache entwickelt und den vereinten Völkern des Reiches gelehrt, um sie noch enger zusammenwachsen zu lassen. Groß war damals die Ordnung und damit die Macht des Kosmos.

Bis heute haben die meisten Völker diese Sprache nicht vergessen, obwohl sie oft nur noch von Händlern und Gelehrten gut beherrscht wird. Und nur letztere wissen noch von ihrem Ursprung, denn das *Alte Reich* existiert schon lange nicht mehr. Die einst vereinten Völker gehen jetzt wieder ihre eigenen Wege. Lediglich die *Alte Sprache* verbindet sie noch heute.

Die rechte Gestalt wendet sich wieder an den Elfen. Der Zwerg hat langes haselnussbraunes Haar, von dem ein Teil zu mehreren Zöpfen geflochten ist, und einen ebensolchen Bart. Allerdings ist sein Gesicht stark gerötet und eine kleine Brandwunde ist auf der linken Wange zu sehen.

„Dies ist König Útward." Der Zwerg deutet kurz auf die linke Gestalt. Der König hat gut gepflegtes, weißgraues Haar, das von einem sehr breiten, silbernen Stirnreif gekrönt ist. Seine blaugrauen Augen verraten kaum einen Gedanken. Sein Bart hat eine eindrucksvolle Länge und ist zum Ende hin gegabelt.

„Er ist der Herr von Mórak. Du musst ihm gehorchen, solange du hier bist." Der Elf nickt respektvoll. „Wer bist du und warum warst du in dieser Nacht unterwegs?", fragt der Zwerg streng.

„Ich bin ein Waldelf aus dem fernen Silváhedon", erwidert schüchtern der Angesprochene. „Ich war auf dem Weg nach Mórak. Leider kam ich nicht vor der *Langen Nacht* bei euch an."

„Und was verschlägt einen Elfen aus dem ehrenwerten Silváhedon nach Mórak? Nur in den Geschichten aus der Zeit des *Alten Reiches* wird von euch berichtet. Doch seit dem Zusammenbruch der Ordnung und der Zeit der unseligen Kriege haben wir nichts mehr von eurem Volk gehört. Chaos beherrschte diese Zeit, und wir hielten Silváhedon schon lange für verloren. Die wenigen Elfen der Umgebung stammten von jenen ab, die gleich nach dem tragischen Zusammenbruch des *Alten Reiches* zu den Menschen in ihre großen Städte zogen.“

Der Elf senkt den Kopf. „Die Suche nach meinem *Wahren Namen* führt mich zu euch“, sagt er leise. Schmerzhafte Erinnerungen schließen ihm kurz die Augen. Der König hebt die Brauen.

Von der Tür her ertönt wieder die fremde Sprache. Der bewaffnete Zwerg im Hintergrund wendet sich aufgeregt und mit harten Worten an den König. Dieser wendet sich kurz um und gibt eine ebenso harte Antwort. Der braunhaarige Zwerg verfolgt die Diskussion besorgt. Dann mustert er den Elfen, antwortet aber nicht auf dessen fragenden Blick.

Der König gibt ein paar Befehle in der fremden Sprache. Der Zwerg im Hintergrund verbeugt sich hastig und verlässt stampfend den Raum. Er trägt eine schwere, metallene Rüstung und einen großen Helm. Der König wendet sich wieder dem Elfen zu. Sein Blick ruht einige Zeit auf ihm, dann spricht er langsam in der *Alten Sprache*:

„Du bleibst hier in diesem Raum, bis du gesund bist.“ Er deutet auf den braunhaarigen Zwerg. „Gérom wird sich um dich kümmern, denn er hat dich gefunden.“ Der Elf nickt vorsichtig und lächelt seinen Retter dankbar an. Doch Gérom bleibt ernst und sieht den Elfen unsicher an.

„Er trägt jetzt die Verantwortung für dich, denn eigentlich ist es streng untersagt, in der *Langen Nacht* Fremde aufzunehmen!“, bemerkt der König scharf. Dem Elfen vergeht das Lächeln. Gérom verbeugt sich tief, als der König ihm einen kurzen Befehl gibt und dann den Raum verlässt.

Müde entspannt sich der junge Elf. „Ich danke dir für meine Rettung, Gérom. Hat mein Verfolger dich verbrannt?“ „Ja. Ein Ungeheuer, das Feuer atmet“, antwortet der Zwerg schnell. Er wirkt nicht interessiert an seiner Wunde oder dem Ungeheuer. Nach einem schnellen Blick auf die offene Tür beugt er sich über den Elfen. Aufgeregt flüstert Gérom ihm zu: „Wenn du mir wirklich dankbar bist, dann verrate mir doch dein Geheimnis! Gebietest du dem Wind? Ich sah, wie er dich trug!“

Der Elf wirkt erst überrascht, doch dann winkt er Gérom noch näher an sich heran. Der Zwerg folgt der Geste ungeduldig. „Niemand gebietet dem Wind", flüstert er ihm ins Ohr. „Der Wind ist frei und kann selbst mit starker Magie nur für kurze Zeit unterworfen werden. Ich kenne nur einige seiner Kinder. Wir haben schon früher zusammen gespielt, als ich noch ein Kind war. Sie haben gespürt, dass ich in großer Gefahr war und mich in einer gewaltigen Anstrengung über die Mauern von Mórak getragen. Ich verdanke auch ihnen mein Leben."

Gérom richtet sich rasch wieder auf, erst mit Verwunderung und dann Enttäuschung in den Augen. Dann fasst er sich plötzlich überrascht an die linke Wange. Seine Wunde ist fort! Der Elf hatte sie unmerklich mit einer kurzen Bewegung der Hand geheilt, während der Zwerg sich zu ihm beugte.

„Auch du kannst sie als Freunde gewinnen. Zwinge dein Haar nicht in eine feste Form. Lass es frei, damit sie damit spielen können. Sprich mit ihnen. Luftmagie würde dir auch helfen, sie zu verstehen." Géroms Augen werden groß. Unwillkürlich schüttelt er den Kopf mehrmals. Das ist zu viel für ihn. Er wendet sich verblüfft um und läuft fast in die zwei schwer gerüsteten Zwerge, die gerade den Raum betreten.

Erst blickt er überrascht auf, dann nickt er den beiden Wachen kurz zu und verschwindet schnell durch die Tür. Die zwei Wachen stellen sich breitbeinig an einer Wand auf und starren mit grimmigem Gesicht ins Nichts. Der junge Elf schüttelt leicht den Kopf, schließt die Augen und schläft ein.

Irgendwann später wird er geweckt. Gérom ist wieder da und hält ihm eine Holzschale mit einer warmen Suppe hin. Der Elf nimmt sie in beide Hände und trinkt die Suppe vorsichtig. Sie schmeckt nach Fleisch und ist mild gewürzt. „Danke." Er gibt die Schale zurück. „Wenn du nichts mehr brauchst, schlaf jetzt bis zum Ende dieser Schreckensnacht." Gérom wendet sich zum Gehen. Er wirkt sehr kühl.

„Warum stehen die beiden da an der Wand?", fragt ihn der Elf schnell. Gérom bleibt stehen und blickt ihn skeptisch an. „Die sollen dich bewachen. Waffenmeister Rándok traut dir nicht. Er hat den König davon überzeugt, dass es besser ist, dich gut bewachen zu lassen."

„Ich verstehe", sagt der junge Elf betrübt. „Ist es mir erlaubt, eine Heilpflanze zu nutzen?" „Natürlich."

„Es ist eine große weiße Blüte in einem Ledertuch." Gérom stöbert kurz in der Ausrüstung des Elfen herum, bis er schließlich die Elfenblüte findet. Der Elf schließt die Augen vor Erleichterung, als er während des Durchstöberns den Stirnring und das eingewickelte Horn sieht.

„Was ist das?", fragt Gérom, als er die Blüte sachte in die Hand nimmt. „Das ist eine Elfenblüte. Sie besitzt große Heilkraft."

Der Elf nimmt die Blüte und riecht daran. Dann löst er das vorletzte Blütenblatt und isst es. „Nimm du das letzte Blatt. Es wird dir alle Kraft zurückgeben." Gérom nimmt die Blüte zurück. Unschlüssig betrachtet er sie. „Hmm, ich werde erst einmal unseren Weisen dazu befragen." „Tu das", erwidert der junge Elf lächelnd.

Der Zwerg sieht ihn kurz nachdenklich an, dann wendet er sich an die Wachen. Nach einem kurzen Wortwechsel in der Sprache der Zwerge verlassen sie mit Gérom den Raum. Die Tür wird verschlossen und es wird ruhig.

Als Gérom nach einiger Zeit wieder den Raum betritt, wirkt er gut gelaunt.

Doch dann sieht er verblüfft, dass der junge Elf angekleidet auf seinem Bett sitzt und ihn schon zu erwarten scheint. Er trägt wieder seine Wildlederkleidung, seinen Stirnring und das Horn an seinem Ledergürtel. „Du bist schon auf?"

„Ja, die Elfenblüte und meine eigenen Heilkräfte haben ihre Wirkung nicht verfehlt", antwortet der Elf lächelnd. „Die *Lange Nacht* ist endlich vorbei, nicht wahr? Ich kann die Vögel singen hören."

Gérom lauscht einen kurzen Augenblick, dann sagt er: „Die Sonne ist wieder aufgegangen. Deine Elfenblüte ist sicher dafür verantwortlich, dass zu diesem Jahresende niemand von uns gestorben ist. Unser Weiser sagte, dass ohne sie der alte Hónok nicht überlebt hätte. Er war schon seit dem letzten Mond krank und sehr schwach. Der König hat es dir erlaubt, den Raum zu verlassen, sobald es dir besser geht."

„Dann lass uns gehen!", ruft der Elf erfreut. Er muss aus dieser steinernen Enge heraus. Gérom kann sich ein Lächeln nicht verkneifen. Er öffnet schon die Tür und lädt den jungen Elfen mit ausgestreckter Hand ein, hinauszutreten.

Dieser lässt sich nicht lange bitten. Mit ein paar schnellen Schritten ist er schon aus dem dunklen Raum heraus.

Die beiden Zwerge, die ihn vor einiger Zeit im Zimmer bewacht haben, biegen gerade am Ende des langen Korridors um eine Ecke. Sie haben vermutlich bis gerade eben vor der Tür Wache gehalten.

Die steinernen Wände sind auffallend glatt und sehr ebenmäßig. Der lange Korridor ist zwar schmucklos, aber doch aufwändig bearbeitet. In regelmäßigen Abständen hängen brennende Fackeln in Haltern an den Wänden. Ein kurzer, frischer Luftzug kündet dem Elfen von der Nähe der freien Natur, als die beiden den Korridor entlanggehen. Er muss sich beherrschen, um nicht sofort loszulaufen. Tatsächlich führt der Korridor nach der nächsten Biegung bald hinaus auf den alten Wehrgang, auf dem Gérom den Elfen gefunden hat. Freudestrahlend springt der junge Elf aus dem hohen Torbogen heraus.

Wie willkommen ist ihm jetzt wieder die Sonne, die ihn noch gestern so unbarmherzig zur Eile gezwungen hat. Jetzt steht sie wieder weit über dem Horizont. Sie hat die Herrschaft des Winters mit neuer Kraft beendet. Die schneebedeckte Ebene erstrahlt in ihrem Licht. Das Gleißen wird nur von einigen dunklen Flecken durchbrochen: den grausamen Überresten der *Langen Nacht*. Einige Dutzend Zwerge sind gerade damit beschäftigt, sie einzusammeln und mit zusammengetragenem Holz zu verbrennen. Hier oben auf den Zinnen weht ein frischer Wind.

Der junge Elf atmet mehrmals tief ein und badet genüsslich im Licht der wiedererstarkten Sonne. Die ersten Hummeln trotzen schon tapfer dem noch etwas kühlen Frühlingswind. Als eine von ihnen erschöpft in seine Richtung taumelt, streckt er schnell die Handfläche aus, um sie sanft darauf landen zu lassen. Nach Augenblicken der Erholung und Orientierung setzt sie ihre Suche nach einer Erdhöhle fort, die für ihre Brut geeignet ist.

Endlich Frühling! Mit geschlossenen Augen spürt er die streichelnden Strahlen der Sonne. Gérom dreht sich zu ihm um und fragt: „Wie sollen wir dich nennen?" „Bei uns ist es nicht üblich, Namen bei der Geburt zu vergeben", erwidert der Elf, ohne sich von der Sonne abzuwenden.

„Erst wenn einer von uns etwas Besonderes erlebt hat, geben ihm die anderen einen Namen, der zu diesem Erlebnis passt. Ich habe noch keinen Namen."

Kurzer darauf frischt der Wind auf und lässt seine Haare aufwirbeln. „Siehst du? Da sind sie wieder!", raunt der Elf Gérom enthusiastisch zu.

Er breitet die Arme weit aus und ruft in den strahlend blauen Himmel: „Danke! Ich danke euch allen!" Gérom blickt sich unsicher um.

Einige der anderen Zwerge blicken verwundert auf das Schauspiel. „Ich glaube, er dankt jetzt seinen Göttern für seine Rettung", sagt einer. „Und da heißt es, die Elfen hätten keine Götter", sagt ein anderer.

Das Windbrausen lässt nach. „Bis zum nächsten Mal!", flüstert der Elf den Winden nach. Er hat Tränen der Rührung in den Augen.

„Jetzt sehe ich dein Geheimnis", sagt Gérom stumpf und lässt den Kopf sinken. „Aber mir wird es sicher verschlossen bleiben."

Der junge Elf wendet ihm lächelnd den Kopf zu. „Das glaube ich nicht." Der Zwerg blickt auf. „Aber es ist vielleicht nicht der Weg der Zwerge, mit den Winden zu sprechen."

Dann fügt der Elf aber noch bestimmt hinzu: „Allerdings ist es ganz sicher nicht unmöglich."

Gérom blickt ihn skeptisch an. Dann sagt er: „Freund-der-Winde. So sollte man dich von nun an nennen." „Wenn du meinst", erwidert der junge Elf verlegen.

Plötzlich erinnert sich Gérom an etwas und sagt: „Gehen wir zum König. Er wird dich sehen wollen, Freund-der-Winde." Der Elf nickt nachdenklich. Sie verlassen rasch den Wehrgang auf der anderen Seite und dringen wieder in das dunkle Innere von Mórak. Ein weiterer Korridor führt sie nach zwei engen Biegungen in den hinteren Teil der Festung, der neben den vielen Vorratsräumen, Zisternen, der Küche, dem Essensraum und den persönlichen Gemächern des Königs, auch den Thronsaal beherbergt, wie Gérom dem Elfen kurz erklärt.

Der Thronsaal ist mit Fackeln hell erleuchtet, als die beiden ihn betreten. König Útward sitzt auf einem Thron aus Stein. Er trägt einen edlen Pelzmantel und den silbernen Stirnreif. Thron und Stirnreif sind beide kunstvoll verziert mit den verschiedensten Darstellungen.

Alte, legendäre Schlachten, Fabelwesen und Götter sind darin zu erkennen. Mórak hat schon einige Hundert Winter überstanden. Die Zeugnisse dieser reichen Vergangenheit sollen Weisheit vermitteln.

Vier Wachen stehen an den Wänden. Waffenmeister Rándok steht mit verschränkten Armen neben dem Thron. Gérom und der Elf treten vor den König. Gérom beugt ein Knie und bedeutet dem Elfen, seinem Beispiel zu folgen.

Der König mustert seinen ungewöhnlichen Gast erstaunt. „Ich sehe, du hast dich schon wieder erholt. Mir wurde auch von der wunderbaren Medizin berichtet, die du uns so freizügig geschenkt hast."

Der König ergänzt freundlich: „Was ist also dein Begehr in Mórak, edler Elf? Du hast mein ganzes Wohlwollen."

„Man nennt mich jetzt Freund-der-Winde", antwortet der junge Elf mit kurzem Blick zu Gérom. „Ich weiß noch nicht, warum mich das Schicksal hierhergeführt hat. Deswegen erlaube mir bitte, noch einige Zeit hier zu verbringen. Ich möchte dir mit all meinen Kräften dienen, solange ich hier bin." Gérom sieht den jungen Elfen verwundert an. Rándok blickt noch finsterer als zuvor.

„Einen offenbar Heilkundigen hat man immer gerne in seiner Nähe. Du sollst erst einmal für den ersten Mond des neuen Jahres bleiben." Der Elf lächelt glücklich. Gérom legt ihm ebenfalls lächelnd die Hand auf die Schulter – noch bevor er bemerkt, wie vertraulich diese Geste ist.

Der junge Elf erwidert sie ganz selbstverständlich, bevor Gérom seine Hand zurückziehen kann. Der König bemerkt das schmunzelnd und Gérom sieht verschämt zu Boden.

„Es ist ein Rapier gefunden worden auf der Ebene. Es steckte in einem geflügelten Wesen des Chaos. War das deine Waffe?"

Der Elf blickt auf. „Ja." „Sie ist leider völlig ruiniert. Das Blut des Ungeheuers hat sie zerfressen."

„Sie hat ihren Zweck erfüllt", erwidert der Elf. „Hier in Mórak gibt es keine Waffen, die für hochgewachsene Elfen geeignet wären. Deswegen habe ich beschlossen, dass du und Gérom den jungen Quíebo zur nahe gelegenen Menschenstadt Thiríst begleitet. Quíebo soll die Magie und Heilkunst der Menschen erlernen. Dies ist seit der Zeit, als sich Mórak und Thiríst gegen den skrupellosen Orkkönig Zháruch verbündeten, eine der Voraussetzungen, um einst der neue *Weise von Mórak* werden zu können. Es ist mir sehr wichtig, ihn auf diesem Weg gut beschützt zu wissen. Vielleicht kannst auch du noch etwas lernen von den Weisen der Akademie. Du kannst dir bei der Gelegenheit auch eine passende Waffe aussuchen, die dir dann als Ersatz für dein hier verlorenes Rapier dienen soll. Ihr brecht übermorgen auf. Heute jedoch, werden wir alle den Beginn des neuen Jahres feiern. Erhebt euch, Gérom und Freund-der-Winde!"

Die Angesprochenen erheben sich, verbeugen sich vor dem König und verlassen den Thronsaal. Sie schlendern langsam durch die Gänge in Richtung des Wehrgangs.

Der junge Elf hat schon von Thiríst gehört. Der Seher hatte die Stadt mehrmals erwähnt, wenn er von den anderen Kulturen erzählte. Thiríst gilt neben Órianoth und Fátla als eine der ältesten noch bestehenden Städte der Menschen. Sie ist zwar deutlich jünger als Mórak, aber für menschliche Begriffe schon uralt. Wie der alte Wachturm am Kristallsee soll sie ihren Ursprung in der Zeit des *Alten Reiches* haben.

Über die Akademie in Thiríst weiß Gérom etwas zu erzählen. Sie ist der Hauptsitz eines Zaubererordens, der sich der Bewahrung des alten Wissens verschrieben hat. Seine Mitglieder sammeln alle alten Sagen und Geschichten und lehren die jungen Magiebegabten die alten Künste.

Seit vielen Wintern schon besteht eine enge diplomatische Beziehung zwischen Mórak und der Akademie. Die Gelehrten dürfen die alten Aufzeichnungen in der Festung studieren und ergänzen dafür die Ausbildung der neuen *Weisen von Mórak*. Die lange Geschichte der Akademie reicht fast bis zum *Alten Reich* zurück.

„Wie feiert ihr den Frühlingsanfang?", fragt der junge Elf. Stolz erzählt Gérom: „Wenn alle Schrecknisse der Nacht beseitigt sind, werden große Tafeln im Innenhof aufgebaut. An diesen sitzen der König und alle anderen Zwerge zusammen, und essen und trinken bis in die Nacht. Üblicherweise haben wir sonst keine Gäste so früh im Jahr, aber du bist natürlich willkommen. Die Musikanten spielen viele fröhliche Lieder, und es wird erzählt, welche Vorhaben für dieses Jahr geplant sind. Sonst wurden vor dem Fest immer die Toten der Nacht bestattet und die Ahnen geehrt." Der Elf nickt. „Bei uns werden auch zuerst die Toten unter ihren Bäumen bestattet. Dann essen und trinken wir gemeinsam im Zentrum der Stadt. Der Höhepunkt des Festes ist allerdings der große Frühlingstanz, bei dem alle zusammen das *Lied des neuen Jahres* singen. Jeder singt dabei seine Wünsche für das neue Jahr in das Lied hinein. Bei Sonnenuntergang muss das Lied enden, denn dann ist das Jahr voll mit unseren Wünschen."

„So unterschiedlich sind unsere Feste eigentlich gar nicht", bemerkt Gérom erstaunt. „Warum sollte es auch keine Gemeinsamkeiten geben? Gleichen sich nicht alle Völker irgendwie?", erwidert der Elf lächelnd.

Sie betreten den Wehrgang. Dort begegnen sie dem alten Hónok. Er bedankt sich mit einer tiefen Verbeugung bei dem Elfen. Er lädt die beiden ein, am Tisch des Königs zu sitzen. Gérom und der Elf sagen gerne zu und Hónok zieht zufrieden davon. Zuerst bleiben die beiden aber noch auf dem Wehrgang, um die Sonne weiter zu genießen.

Schon kurz nach Mittag sind die großen Tafeln aufgebaut und festlich geschmückt. Bald darauf versammeln sich die Zwerge dort. Jeder Zwerg trägt sein edelstes Gewand und ist gut gelaunt. Der junge Elf hat einen Ehrenplatz in der Nähe des Königs. Gérom sitzt an seiner Seite. Aus riesigen Eichenfässern werden Bier und Wein ausgeschenkt. Der Becher des Elfen ist stets mit klarem Wasser gefüllt. Auf langen Holzplatten wird köstlich duftendes, gebratenes Wildbret gebracht. Dazu gibt es eingelegtes Gemüse, verschiedene Nüsse und getrocknete Früchte.

Der König lässt den jungen Elfen von Silváhedon und seiner Reise erzählen. Von einem Einhorn ist dabei nicht die Rede.

Später lernt der Elf noch Ruborán, den alten *Weisen von Mórak*, und seinen jungen Schüler Quíebo kennen. Beide sind sehr neugierig auf die Zauberkräfte des Elfen und sein Wissen von den Elfenblüten, besonders wie man sie finden kann. Gerne erzählt er ihnen alles, was er weiß, denn es erinnert ihn an die lichten Wälder von Silváhedon. Wie schön muss es dort jetzt sein?

Kurz denkt er auch an seinen alten Lehrmeister, den Seher Návayot. Ob auch er die *Lange Nacht* mit dem *Fiebermond* gut überstanden hat? Er muss versuchen, mit ihm Kontakt aufzunehmen.

Schon versinkt die Sonne in einem Meer aus den verschiedensten Farben. Der junge Elf singt noch schnell ein kurzes *Lied des neuen Jahres*, bei dem die Zwerge alle respektvoll schweigen. Es enthält nur zwei Wünsche: dass er seinen Weg bald erkenne und dass es den Elfen von Silváhedon gut ergehe in seiner Abwesenheit.

Danach wird in ungetrübt bester Stimmung weitergefeiert. Selbst als der *Alternde Mond* in gewohntem fahlem Weiß aufgeht, ist niemand beunruhigt. Die Schrecken des Winters und der *Langen Nacht* sind vergessen.

Kapitel 5

Zusammen

Am folgenden Tag steht die Sonne bereits hoch am Himmel, als auch die letzten Bewohner Móraks aus ihren Betten kriechen. Die meisten Zwerge sind deutlich schlechter gelaunt als letzte Nacht. Der Elf ist verstört, als seine freundlichen Grüße von vielen Zwergen schlicht ignoriert werden. Mit grimmigen Gesichtern ziehen sie einfach an ihm vorbei. Gérom, der dies im Moment nur zu gut versteht, klärt ihn mit gerunzelter Stirn über den Preis eines Gelages mit viel Bier und Wein auf. Der Elf wirkt nach der Erklärung noch verwirrter als zuvor. Einer Intuition folgend legt er Gérom die Hände von beiden Seiten an die Schläfen und schließt die Augen. Gérom erschrickt zuerst, aber dann lässt er den Elfen gewähren. Wenig später schließt auch er die Augen – und lächelt. „Wie kommt es nur, dass unser Weiser Ruborán nie auf diese Idee kam?"

Nach einem kräftigen Frühstück im Innenhof bestellt der *Weise von Mórak* den Elfen, Gérom und den jungen Quíebo zu sich in seinen Raum. Getrocknete Kräuter hängen von der Steindecke herab und erfüllen den Raum mit einem starken, würzigen Geruch. Der Elf ist fast etwas betäubt von der Stärke des eigentlich angenehmen Geruchs. Der junge Quíebo sieht Gérom recht ähnlich, aber er ist deutlich jünger und bewegt sich viel weniger ruhig und würdevoll. Sein Bart und Haupthaar sind kürzer als bei Gérom, jedoch von der gleichen nussbraunen Farbe.

An einer Seite stehen ledergebundene, vergilbte Bücher in einem alten Holzregal. Verschiedene seltsame Gerätschaften liegen verteilt auf einer Kommode an der anderen Wand. Auf dem großen Tisch in der Mitte des Raumes ist eine lederne Karte der Umgebung ausgebreitet. Auf ihr sind, teils farblich abgehoben, Städte, wichtige Straßen, Wälder, Seen und Flüsse eingezeichnet.

„Gérom, ich weiß, du warst schon einmal in Thiríst, aber nach einigen vergangenen Wintern schadet ein kurzer Blick auf die Karte nicht."

Ruborán ist ein alter, grauhaariger Zwerg, der hauptsächlich in Leder und dunkle Stoffe gekleidet ist. Die meisten Zwerge bevorzugen sonst offensichtlich das Tragen ihrer Metallrüstungen. Nur sein Gürtel ist mit Metall beschlagen und er trägt eine alte, faustgroße Bronzescheibe an einer Kette um den Hals. Sie ist das Zeichen des *Weisen von Mórak*, wie der Elf von Gérom erfährt, als er dessen Blick darauf bemerkt.

Der alte Zwerg fährt fort. „Nehmt den direkten Weg durch den Wald nach Thiríst. Die alte, befestigte Straße zur Stadt könnte euch eher in Gefahr bringen, weil ihr dort von Weitem zu sehen seid." Er zieht mit dem Finger erst den Weg von Mórak nach Thiríst durch den Wald, dann die alte Straße entlang. „Ihr Elfen sollt euch auf das Reisen im Wald verstehen", sagt er mit Blick auf den Elfen. Der Angesprochene nickt.

Dann sucht sein Blick von Mórak aus auf der Karte seinen Weg nach Silváhedon. Doch die Karte endet, bevor er sein Ziel erreicht. Ruborán folgt dem Blick des Elfen. Er zieht die buschigen Brauen hoch.

„Dein Silváhedon wirst du auf der Karte nicht finden. Wir vermuten es deutlich weiter im Osten." Der Elf nickt traurig. „Eure Reise sollte nicht viel länger als einen halben Mond dauern, wenn ihr euch beeilt." Gérom nickt zuversichtlich. Quíebo ist das ungute, mulmige Gefühl anzusehen, das er hat, wenn er an die möglicherweise gefährliche Reise denkt. Er war nur selten so weit entfernt von Mórak und selbst dann auch nur in einer größeren Gemeinschaft. Selbst wenn er heil ankommt, wird er allein ein ganzes Jahr lang bei den Menschen von Thiríst leben.

Nachdem die Karte studiert, der genaue Weg bestimmt und die Ausrüstung ausgewählt ist, haben die Reisenden schließlich noch etwas Zeit sich zu verabschieden, bevor es dämmert.

Dem jungen Quíebo fällt das sichtlich schwer. Alle seine Verwandten und seine Freunde sind versammelt, um ihn mit ihren guten Ratschlägen und Segenswünschen zu überhäufen. Er nimmt alles dankbar nickend entgegen und umarmt jeden Spender noch einmal ganz herzlich.

Géroms Verabschiedung fällt eher nüchtern aus. Für ihn ist es eine Reise, wie er sie schon oft unternahm.

Der junge Elf sieht mit Rührung, wie die Zwerge ihre Genossen verabschieden. Gérom gesellt sich zu ihm, als seine Freunde und Verwandten gegangen sind. „Das muss wohl jeder einmal mitmachen. Ich weiß nicht, ob sie ihm damit helfen", sagt der Zwerg zum Elfen. „Zumindest weiß er, dass er nicht vergessen wird", erwidert dieser.

Der *Alternde Mond* beginnt gerade seine unmerkliche Wacht am Himmel, als sie ihre Zimmer aufsuchen, um morgen früh gut ausgeruht aufbrechen zu können.

Am nächsten Morgen geht dann plötzlich alles ganz schnell. Noch vor Morgengrauen werden die drei Reisenden von der Wache geweckt. Der Proviant wird verteilt, die Ausrüstung überprüft und gesichert. Schon wandern sie durch den sehr massiv wirkenden Torbogen Móraks hinaus und dann gen Süden. „Glück auf den Weg! Das lässt euch König Útward bestellen!", schallt es harsch vom Wehrgang herab.

Die drei Reisenden drehen sich noch einmal um und verneigen sich pflichtgemäß. Dann hören sie nur noch ihre kratzenden Schritte auf der schlichten Straße. Die Sonne hat noch immer nicht den Tag eröffnet.

Dieser frühe Aufbruch erscheint dem Elfen sehr merkwürdig. Ohne Not noch vor der Sonne den Tag zu beginnen, kann doch nicht gut sein. Gérom und Quíebo wirken auch nicht glücklich. Bald verlassen sie die Straße, um in den Wald einzutauchen. Hier übernimmt der junge Elf stumm die Führung. Dankbar folgen ihm die Zwerge. Sie durchqueren den dichten Wald nicht gerne im schwachen Halblicht.

Es dauert einige Zeit, bis die Sonne hoch genug steht, um auch von den Wanderern bemerkt zu werden. An den wenigen lichten Stellen brechen einzelne Lichtstrahlen durch das Blätterdach und hellen die dunklen Farben des Waldbodens angenehm auf. Auch die Gemüter der Reisenden erwärmen sich. Der Elf fängt an, leise zu summen.

Die beiden Zwerge können sich des Eindrucks nicht erwehren, dass ihr Pfadfinder nicht mehr unbedingt den kürzesten Weg einschlägt. Zu oft ändert er seine Richtung, ohne dass einem sichtbaren Hindernis auszuweichen wäre. Und dabei wirkt der Elf keineswegs so, als hätte er die Orientierung verloren. Nein, er scheint ganz bewusst vom direkten Pfad abzuweichen.

Schließlich muss Gérom nun doch nachfragen: „Sag' uns, Freund-der-Winde, bist du sicher, dass wir auf dem direkten Pfad sind?" Der Angesprochene dreht sich um und lächelt. „Der direkte Pfad ist nicht immer der richtige Weg." Zuerst ist Gérom skeptisch, dann aber zuckt er leicht mit den Schultern und sieht Quíebo mit hochgezogenen Brauen und einem hintergründigen Lächeln an. Dieser erwidert das Lächeln. Sie sind sich einig. Viele wilde Hyazinthen geben dem Frühling hier seinen Duft. Die aufsteigende Sonne bringt Leben in die umgebende Natur.

Die ersten Insekten des Tages machen sich auf, die angebotenen Schätze der Pflanzen zu finden. An den Bächen blühen die Weiden in

Silber und Gold. Milde Winde tragen jetzt viele frische Düfte mit sich. Jedes Wesen im Wald fühlt neue Kraft.

Im Laufe des Tages zeigt ihnen der junge Elf einige interessante Blumen und Bäume. Ein paar davon haben besondere Kräfte, die man nutzen kann, sofern man sie kennt. Andere sind auch einfach nur wunderschön oder besonders ausgefallen. Auch das eine oder andere ungewöhnliche Tier läuft ihnen über den Weg. Am Abend finden die Reisenden einen guten Platz für das Nachtlager. Die Zwerge sind doch weniger erschöpft als erwartet. Der eingeschlagene Pfad war nicht der kürzeste, dafür aber schonender für die Beine, wie es scheint. Der Elf hat auch statt einer langen Rast zu Mittag, wie bei den Zwergen üblich, mehrere kurze Rasten an dafür geeigneten Plätzen gemacht.

Verschiedene Kräuter und Pilze, die sie über den Tag gesammelt haben, ergänzen nun schmackhaft den mitgebrachten Proviant. Der Tag endet mit einem deutlich besseren Gefühl als er begann, obwohl Quíebo spürt, dass seine Ausbildung bereits heute begonnen hat.

Den nächsten Tag beginnen die Wanderer erst mit der Sonne. Die Übernachtung war dank der mitgenommenen warmen Decken recht erholsam. Besonders dem jungen Elfen ist es sehr angenehm, wieder im Freien zu schlafen. Die Mauern von Mórak wirkten auf ihn erdrückend, auch wenn sie ihn in der *Langen Nacht* vor den Verwandelten geschützt haben. Die Sonne, das Symbol des Kosmos, ist der größte Feind der Kreaturen des Chaos. Sie wird am nächsten Morgen die allermeisten von ihnen vernichtet haben. Da verzichtet er jetzt gerne auf dicke Mauern.

Der Tag verläuft ruhig. Der Elf muss nur gegen Mittag einmal seine Führung durch den Wald unterbrechen, um sich mit den Zwergen vor einem Frühlingsgewitter unter einen Baum mit dichtem Blätterdach zu flüchten.

Am Abend empfängt eine Lichtung mit einzelnen Bäumen die Reisenden. Man kann von hier aus die Sonne versinken sehen, denn die Lichtung liegt etwas erhöht. Gut gelaunt entledigen sich die Reisenden schnell ihrer Ausrüstung und bereiten ihr Nachtlager vor.

Diesmal wird der Proviant mit essbaren Wurzeln unterschiedlicher Art gewürzt. Der junge Elf ist angenehm überrascht, dass selbst so weit vom heimatlichen Titanenwald entfernt, die meisten der ihm bekannten Pflanzen so gut gedeihen.

Elfenblüten hat er allerdings zu Quíebos Verdruss noch nicht gefunden. Dieser ist mittlerweile dazu übergegangen, seine neuen Erfahrungen aufzuschreiben. Es sind einfach zu viele neue Pflanzen, um sie und auch ihre speziellen Eigenschaften im Kopf zu behalten.

Gérom lässt sich ausführlich den Hintergrund für den einen oder anderen ungewöhnlichen Weg durch das Dickicht erklären. Sich schnell durch den dichten Wald bewegen zu können, hält er für eine wertvolle Fähigkeit. Doch schließlich sind alle zu müde, um noch mehr zu lernen oder zu lehren. Ein paar kurze Geschichten werden noch erzählt, dann legen sich die Zwerge zur Ruhe. Der Elf klettert auf einen einzelnen Baum, um zu wachen. Schon letzte Nacht wechselten sich die Wanderer ab, um nicht im Schlaf von irgendetwas überrascht zu werden. Heute Nacht jedoch hat der Elf noch etwas anderes vor.

Kurze Zeit später wird es ruhig im Wald. Nur ein paar einzelne Vögel singen leise ihr Lied und hin und wieder raschelt es kaum hörbar im Gebüsch. Der Elf klettert weiter bis in die Spitze des Baums. Von hier aus kann er weit in alle Richtungen sehen. Sehnsüchtig blickt er nun gen Osten, dorthin, wo er den Titanenwald vermutet. Deswegen ist er hier.

Er breitet vorsichtig beide Arme aus und späht umher. Luftmagie entströmt seinem Geist und trägt sein Flüstern weiter. „Freunde, kommt zu mir!" Noch einmal wiederholt er den leisen Ruf. Wenige Herzschläge später rauscht es in den Wipfeln um ihn herum. Von verschiedenen Seiten kommen sie. Drei Winde sind seinem Ruf gefolgt. Ein kleines Lächeln huscht über sein Gesicht, als sie wie gewohnt mit seinen langen, weißblonden Haaren spielen.

„Ich habe eine Bitte an euch", flüstert er weiter. „Tragt meine Worte zu diesem Ort und bringt mir neue Worte zurück." Sein Geist formt das Bild des Titanenwaldes. Er stellt sich den Weg dorthin und zu dem Stadthügel der Elfen von Silváhedon vor. „Nimm du diese Worte mit: Der Freund-der-Winde grüßt euch! Der Freund-der-Winde grüßt euch!" Einer der Winde versucht, den Satz aufzunehmen und zu wiederholen.

Erst ist kaum etwas zu verstehen, doch mit jeder Wiederholung wird er deutlicher und klarer. Selbst die Stimme des Elfen ist zu erahnen. Schließlich schickt der junge Elf den Wind mit seiner Nachricht los.

Der zweite Wind erhält diese Botschaft: „Sagt mir, was geschah!" Er entfernt sich und seine nachgeahmten Worte werden leiser und leiser, bis sie ganz im Rauschen der Wipfel verschwinden. Zuletzt trägt der dritte Wind diesen Satz mit sich fort: „Gebt dem Wind die Antwort!"

Es wird wieder ruhig zwischen den Wipfeln. Erschöpft lässt der junge Elf Arme und Haupt sinken. Diese drei Sätze zu übermitteln, war sehr anstrengend. Doch wenn die Nachricht ihr Ziel erreicht und ihn selbst die Antwort, so ist die Kraft nicht verschwendet. Nachdem er mehrmals tief ein- und ausgeatmet hat, sieht er sich wieder um. Nichts rührt sich. Die singenden Vögel sind seine Verbündeten. Sie würden verstummen oder laut protestieren, sobald sich eine Gefahr nähern würde.

So vergeht einige Zeit und eigentlich hätte Gérom schon die nächste Wache übernehmen sollen, aber der Elf wartet noch immer auf die Antwort der Winde. Gérom soll ruhig noch etwas schlafen können.

Der *Alternde Mond* steht schon hoch am Himmel und beleuchtet die umgebenden Wipfel in dieser sternenklaren Nacht.

Da tut sich etwas im Osten! Einige Wipfel bewegen sich sanft. Hastig sieht der Elf sich noch einmal um, nur zur Sicherheit. Alles ist ruhig. Ein leises Brausen ist jetzt zu hören. Es kommt näher. Voller Erwartung sind die Augen des Elfen auf den unsichtbaren Wirbel gerichtet, der sich jetzt schnell nähert. Der Wind trägt Gemurmel mit sich!

Mit offenen Armen begrüßt der Elf seine Freunde. Das Murmeln wird lauter. Es sind tatsächlich Sätze. Nur mit Mühe hält der Elf seine Fragen zurück, um die Winde nicht mit seinen eigenen Worten zu verwirren. Gespannt lauscht er dem, was die Winde ihm überbringen wollen.

Erst hat er das Gefühl, bekannte Stimmen zu hören, dann versteht er die Antworten. „Ja, er ist es! Ja, er ist es! Ja, er ist es!", ruft der erste Wind immer wieder. Kurz darauf kommt der zweite Wind herangebraust. Er flüstert: „Es geht ihm gut!" „Ja, er ist es!" „Es geht ihm gut!" Diese Worte wärmen das Herz des jungen Elfen. Er lächelt erleichtert. Es scheint alles gut zu sein in Silváhedon.

Da trifft auch der dritte Wind ein. Seine Botschaft ist langsamer und deutlicher als die anderen beiden. Die Elfen von Silváhedon haben verstanden. „Nur der Seher starb." Der Elf erstarrt überrascht. „Nur der Seher starb. Nur der Seher starb", wiederholt auch dieser Wind seine Antwort. „Es ist gut. Ich danke euch", beendet der Elf schnell das schmerzhafte Geplapper. Für die Winde ist es nur ein Spiel. Sie zischen noch ein paar Male um ihn herum, bevor sie sich wieder zurückziehen.

Sie haben ihm bestätigt, was er selbst schon längst fürchtete. Aber die Gewissheit tut dann doch noch einmal weh. Sie schneidet jetzt ebenso scharf ins Herz, als wäre er dabei gewesen. Jetzt ist er schon so weit gekommen. Wie wird er nun erfahren, wie es weitergeht? Verlorenheit und Hilflosigkeit umklammern ihn. Der Seher sagte ihm, er würde alles zur rechten Zeit erfahren. Müde lässt er das Haupt sinken und schließt die Augen. Doch jetzt sollen ihn seine Gedanken nicht weiter quälen. Er ist erschöpft und Gérom soll nun Wache halten.

Leise klettert er sachte den Stamm herab, als er plötzlich innehält. Ein schneller Blick auf die schlafenden Zwerge hat ihn aufmerksam werden lassen, als er gerade einen der unteren Äste erreichte. Da bewegt sich doch etwas im Gras! Es wirkt eigentlich recht groß, aber ist dennoch kaum zu erkennen. Was immer es ist, es kriecht auf Quíebo zu!

Ohne weiter darüber nachzudenken, nimmt der Elf seinen Bogen, hängt die Sehne ein und zieht einen Pfeil. Das lautlose Phantom hat Quíebo fast erreicht. Da sirrt ein Pfeil und durchbohrt es irgendwo in seiner Mitte. Die Kreatur gibt ein schrilles Geräusch von sich und windet sich in einer bizarren Weise. „Vorsicht! Quíebo! Gérom!", ruft der junge Elf seinen Freunden zu und zieht einen weiteren Pfeil.

Gérom, bereits durch den Schrei des Wesens geweckt, ist schon auf den Beinen und zieht den schlaftrunkenen Quíebo mit einem kraftvollen Ruck zu sich, gerade noch rechtzeitig, um ihn vor dem schnellen Angriff des Phantoms zu bewahren. Da trifft es auch der zweite Pfeil des Elfen.

Wieder gibt es ein lautes, schrilles Geräusch von sich und versucht sich zurückzuziehen, doch Gérom ist schon bei ihm und tötet die Kreatur rasch mit seiner Axt. Er runzelt die Stirn, als er es jetzt aus der Nähe sieht. „Was ist das?", ruft er dem Elfen zu. „Ich weiß es nicht", erwidert dieser. „Es könnte ein Geschöpf der *Langen Nacht* sein."

Gérom schreckt zusammen und nimmt seine Axt wieder fest in beide Hände. Nervös sieht er sich um. „Was ist denn los?", fragt Quíebo leise, noch immer nicht ganz wach. „Es sind vielleicht noch mehr in der Nähe", ruft der Elf nervös. Er hockt noch immer auf einem der unteren Äste und blickt ebenfalls schnell umher. „Hörst du das?"

„Was denn?", ruft Gérom angespannt. Schnell dreht er sich zu Quíebo um und flüstert: „Komm her zu mir und besinne dich auf das, was dich dein Meister zur Verteidigung gelehrt hat!"

„Da kommt etwas!", hört Gérom den Elfen noch rufen, da wird er schon von hinten niedergestoßen. Er kann nicht aufstehen, etwas sitzt auf ihm! Und es bearbeitet ihn unaufhörlich und schmerzhaft mit vielen spitzen Waffen. Nur sein festes Kettenhemd verhindert ein tieferes Eindringen. Gérom schreit und versucht, mit seiner Axt hinter sich zu schlagen.

Er kann nicht sehen, wie sein Elfenfreund auf dem Baum einen Pfeil nach dem anderen auf seinen Gegner abschießt, ohne dass es einen sichtbaren Effekt hätte. Erst jetzt fällt ihm das tiefe Brummen auf, das die Kreatur abgibt. Quíebo ist starr vor Angst. Er beobachtet, wie direkt vor ihm ein riesiges, insektenartiges Wesen auf Géroms Rücken sitzt und ihn mit seinen ungleichmäßigen, rotbraunen Gliedern quält.

Der junge Elf hat erkannt, dass seine Pfeile die ungeschützten Stellen treffen müssen, um wirklich Schaden anzurichten. Sonst prallen sie einfach an den starken Panzerplatten ab. Er zielt jetzt genauer.

Es quält ihn, Gérom derart hilflos zu sehen. Quíebo hat sich wieder gefangen. Er muss Gérom helfen. Mit starrem Blick ballt er die Fäuste - da entzünden sie sich! Doch seine Haut selbst bleibt unversehrt. Seine Augen leuchten fasziniert. Dann macht er einen schnellen Schritt an die Insektenkreatur heran und hält seine Hände ganz nah an dessen Körper.

Das zeigt Wirkung. Einige kleine Flügel und Glieder vergehen sofort im magischen Feuer und das rotbraune Wesen macht mit brummendem Getöse einen Sprung zurück. Dort trifft es wieder ein Pfeil des Elfen. Diesmal bleibt er dicht hinter einem Bein stecken. Die Insektenkreatur taumelt.

Mittlerweile hat sich Gérom äußerst mühsam aufgerappelt. Mit Wutgebrüll geht er auf seinen Peiniger los, seine Streitaxt mit beiden Händen weit über dem Kopf erhoben. Das Wesen weicht zurück, kann aber dem gewaltigen Schlag des Zwergs nicht entkommen. Ein lautes Knacken ertönt, als Gérom einen Teil des Kopfes abtrennt und eine zähe, hellgraue Masse herausfließt. Quíebo, angespornt durch Géroms Treffer, nähert sich der Insektenkreatur wieder und verbrennt sie aufs Neue. Ein bestialischer Gestank breitet sich aus.

Schon greift Gérom wieder an. Diesmal trennt er den restlichen Kopf ab. Der Zwerg keucht vor Anstrengung. Viel Blut dringt durch sein Kettenhemd und rinnt seinen Rücken herab. Das kopflose Ungeheuer zuckt wild. Quíebo verbrennt es weiter.

Da erscheint der Elf neben Gérom. Schnell legt ihm der Elf seinen Arm um den Leib und stützt ihn. Gérom hat viel Blut verloren und kann sich kaum noch auf den Beinen halten. Der Elf bringt ihn zurück zum Lager.

Quíebo folgt den beiden rasch. Das Ungeheuer rührt sich nicht mehr. Vorsichtig befreien Quíebo und der junge Elf Gérom jetzt von seinem blutgetränkten Kettenhemd. Sein Gesicht kann die großen Schmerzen nicht verbergen, die ihm seine vielen kleinen Wunden bereiten.

„Hilf mir, seine Wunden zu schließen", sagt der junge Elf zu Quíebo. Sorgenvoll sieht er auf Géroms zerfurchten Rücken. Quíebo legt seine Hand in die des Elfen und schließt die Augen. Beide halten ihre freie Hand über Géroms Wunden. Die Kraft des magischen Wassers, die die Kraftquelle Natur den beiden gibt, verbindet sich mit der magischen Erde des Smaragds im Stirnring des jungen Elfen. Viel Blut ist verloren und viel Fleisch ist verletzt. Die magische Kraft soll fließen.

Die Blutungen werden schwächer. Géroms Atem wird sanfter und die Schmerzen klingen ab. „Bleib' du bei ihm, während ich nach heilenden Pflanzen suche", spricht der Elf ruhig. „Sei vorsichtig, Freund!", ruft Gérom ihm hinterher. Der junge Elf nickt kurz und läuft los.

Er huscht lautlos durch den nächtlichen Wald. Den Augen eines wildlebenden Elfen sind das schwache Licht des Mondes und der Sterne genug, um sich im nächtlichen Wald gut zurechtzufinden. Eilig gräbt er mit bloßen Händen an einigen Stellen im weichen Boden.

Bald ist er wieder am Lager, wo Quíebo schon ein Feuer entfacht hat. „Ich habe Donden und Blutmoos gefunden", sagt der junge Elf im Niederknien. „Die werden sicherlich helfen", erwidert Quíebo, der sie dankbar in Empfang nimmt. Wie er diese bekannten Heilpflanzen richtig anzuwenden hat, weiß er längst. Mit wenigen Handgriffen bereitet er sie vor und verabreicht sie dem Verletzen. Erleichtert lächelnd blicken Quíebo und der Elf in das entspannte Gesicht Géroms. Seine Schmerzen sind vergangen. Er erwidert das Lächeln seiner beiden Heiler.

Dann verfinstert sich sein Gesicht wieder. „Was war das für eine Kreatur?" Die Erleichterung weicht wieder der Beklemmung angesichts der unbekannten Gefahr.

„Ich glaube, das war die Frau, die in der *Langen Nacht* vor meinen Augen verwandelt wurde", erwidert der Elf leise. „Das andere Wesen muss auch eine Kreatur dieser Nacht gewesen sein."

Betrübt fügt er noch hinzu: „Ich dachte, die Sonne hätte sie alle schon am nächsten Morgen vernichtet." Er erschauert bei dem Gedanken, dass sein Verfolger mit den Hufen und dem Feueratem auch noch leben könnte. „Warum verfolgen sie mich noch immer?" Darauf weiß niemand eine Antwort.

In der Stille, die nur vom leisen Knistern des Feuers gestört wird, wandern die Gedanken. Die des Elfen kehren zurück zu seinem Lehrer, dem Seher. Er hatte stets auf alles eine Antwort, und sei es nur, dass sie später von selbst käme. Wie sehr könnte er nun seinen Rat gebrauchen!

Sein Weg ist dunkler als je zuvor. Nicht einmal nach Silváhedon kann er jetzt zurück. Die Verwandelten könnten ihm folgen. Gérom ahnt das Dilemma seines Freundes. „Leg' dich hin und schlafe den Rest dieser verfluchten Nacht. Wir wachen." Der Elf nickt ihm lächelnd zu, dann zuckt er plötzlich zusammen. Mit aufgerissenen Augen starrt er ins Leere. Fremde Bilder drängen sich in sein Bewusstsein.

Ein großes Schlachtfeld. Viele tote Menschen und Elfen liegen da in prächtigen Rüstungen. Doch weder die schweren Rüstungen, die alle kaum sichtbare Schnitte aufweisen, noch die eleganten Waffen, die die Toten teilweise noch umklammert haben, konnten sie schützen.

Eine athletische, männliche Gestalt steht grell farbig schimmernd im Zentrum. In jedem ihrer vier Arme hält sie ein bluttriefendes Schwert, das ungewöhnlich schlank ist und aus sich selbst heraus tiefrot leuchtet.

Als sie ihren Kopf wendet, sieht man ein weiteres Auge hinter jedem Ohr. Sie ist vollkommen nackt. Ihre silbern glänzende Haut spiegelt irisierend das helle Licht der aufgehenden Morgensonne wider. Ihre vier makellosen, blauen Augen erstrahlen im glühenden Feuer der Ekstase. Die Gestalt ist wunderschön.

Alles ist vorbei. Niemand kann Adánada noch aufhalten. Fast alle Páladine sind tot. Er selbst steht mit dem kleinen Rest seiner Getreuen in einiger Entfernung und blickt verzweifelt auf den, der ihnen das Ende der bekannten Welt bringen will.

Dann ist alles vorbei. Der Elf blickt verwirrt in die verblüfften Augen seiner Freunde. Er beantwortet ihre stumme Frage mit einem hilflosen Kopfschütteln. „Es wird Zeit, dass diese Nacht endlich endet!", stößt der Elf leise hervor. Die Zwerge nicken ihm zu. Er legt sich neben das Feuer und schläft sofort ein.

Kapitel 6

Hinweise

Die Nacht endet friedlich mit dem Erscheinen der Sonne am Horizont. Der Elf erwacht erst, als sie den Himmel ganz in Besitz genommen hat. Gérom ist da und begrüßt ihn freundlich. Keine Verwandelten haben sich mehr gezeigt, berichtet er. Quíebo kehrt gerade von Wasserholen zurück. Er bereitet für alle ein einfaches Frühstück zu.

Die folgenden Tage gehören wieder dem Wald, seiner Schönheit und seinen Geheimnissen. Es ist *Sterbender Mond*. Die Nacht des Überfalls ist in beruhigende Ferne gerückt. Quíebo füllt Seite um Seite seines kleinen ledergebundenen Buchs mit dem, was ihn der Elf über den Wald lehrt. Der Elf lässt sich seinerseits mehr vom Leben und den Ansichten der Zwerge von Mórak erzählen. Sorgen finden sich in diesen ruhigen Tagen nur noch in einzelnen, kurzlebigen Gedanken.

Am Tag nach *Mondwiedergeburt,* der Nacht ohne erkennbaren Mond, erreichen die Freunde bei Sonnenuntergang die Ebene, in der Menschen vor vielen Wintern ihre Stadt Thiríst gründeten. Ihre hellgrauen Mauern sind schon in der Entfernung zu erkennen. „Bleiben wir diese Nacht noch im Wald", sagt der Elf zu seinen Kameraden. Sein Blick auf die große Stadt verrät wiederkehrende Sorgen.

„Ja. Die Menschen von Thiríst schließen ohnehin bei Einbruch der Nacht die Tore", stimmt Gérom zu. Auch Quíebo hat offenbar kein großes Verlangen, seinen Lehrmeistern noch heute unter die Augen zu treten. So rasten sie am Waldrand, um gleich bei Sonnenaufgang in die stolze Stadt der Menschen einzuziehen.

Quíebo bereitet das Abendessen vor, als sich der junge Elf noch einmal aufmacht, um eine Elfenblüte als Abschiedsgeschenk für den angehenden *Weisen von Mórak* zu finden. Doch eigentlich sind seine Gedanken nur bei seinem Mentor, der ihn doch führen wollte. Bald wird er mit Gérom nach Mórak zurückkehren, ohne etwas über seinen Weg erfahren zu haben. Alles war vergeblich. Eine schmerzliche Erinnerung treibt ihm eine kleine Träne aus dem Auge. Seine Schritte werden langsamer. Er sinkt zu Boden. Er löst das Horn des Einhorns von seinem Gürtel und streichelt sanft darüber.

Ein Strom von Tränen lässt ihn seine Augen schließen. Wer soll ihm jetzt noch helfen? Freunde fand er auf seinem Weg, aber welchen Sinn hat ein Weg ohne Ziel? Plötzlich reißen wieder fremde Bilder seinen Geist aus dem Hier und Jetzt.

Adánada wendet seinen Kopf den letzten Überlebenden zu. Ohne ein Zeichen beginnen die Páladine gleichzeitig leise zu singen. Sie richten sich auf und stellen sich langsam nebeneinander auf. Ihr Henker nähert sich grazil und lautlos. Ihr Lied wird jetzt lauter. Es preist die Perfektion des Kosmos, der alles umschließenden Ordnung. Jedes Wesen an seinem Platz und jede Macht gezügelt. Sie schließen ruhig die Augen und knien nieder, die Hände leicht ausgebreitet.

Die Hymne des Kosmos erreicht gerade ihren Höhepunkt, als ein verblüffter Aufschrei Adánadas die Páladine ihre Augen wieder öffnen lässt. Ohne die Hymne abzubrechen, sehen sie nun gebannt auf das, was sich direkt vor ihren Augen abspielt. Vor Adánada ist eine schimmernde, majestätische Gestalt erschienen. Sie trägt eine gleißende Silberrüstung. In der rechten Hand hält sie ein leuchtendes, reich verziertes Schwert. Gold und Silber fließen ineinander und bilden schließlich in der Spitze der langen Klinge eine Einheit. Der linke Arm trägt einen gewaltigen, kreisrunden Schild, der mit Hörnern bewehrt aussieht, als sei er einst Teil eines großen und mächtigen Drachen gewesen. Himmelsschwert und Drachenschild! Diese mythischen Artefakte gehören dem König der Götter! Er als oberster Diener des Kosmos steht jetzt noch zwischen dem *Ersten Geist* und der endgültigen Vernichtung des Gleichgewichts der Urkräfte.

„Du hast deine Grenzen weit überschritten, Adánada!", donnert es über die Ebene. Der Beschuldigte fletscht die spitzen Zähne und verzieht das Gesicht schmerzerfüllt. Sein Kopf schwankt ausweichend hin und her, ohne den Blick von seinem Richter abwenden zu können. „Beende jetzt dein Leben und kehre auf deinen Platz zurück! Dein nächstes Leben wartet schon zu lange auf dich!", donnert es wieder.

Doch Adánadas Augen verraten nur seinen grenzenlosen Hass auf den, der ihm seinen letzten Sieg verwehren will. Die bisher gezeigte vollkommene Eleganz gänzlich verloren, stürmt er auf den Götterkönig zu. Doch mit Schwerthieben so schnell, dass sie kein sterbliches Auge verfolgen kann, richtet dieser Adánada binnen eines Augenblicks.

Mit dem letzten Schwertstreich endet die Hymne der Páladine. Der Götterkönig ist nicht mehr zu sehen. Zurückgeblieben sind nur der widernatürliche Körper Adánadas und seine vier unheilig glühenden Schwerter. Die Zeugen des Wunders können erst nach einiger Zeit wieder sprechen. Am selben Abend verbrennen sie Adánadas Körper und zerstören seine Schwerter. Sie brauchen Tage, um die gefallenen Kameraden zu begraben.

Einige Monde später sitzen die überlebenden Páladine zusammen und halten Rat, was nun zu tun sei. „Nur durch unser Versagen musste der Götterkönig eingreifen. Bei der nächsten Begegnung müssen wir vorbereitet sein. Adánada wird wiederkommen – und er wird noch stärker sein!" ‚Hab' Vertrauen!'

Der *Wachsende Mond* strahlt schwach am Himmel. Nur mühsam findet der Geist des Elfen zurück in die Wirklichkeit. Wieder eine Vision. Wer schickt sie ihm – und wie? Der Seher ist tot. Das Einhorn ist tot. Und doch schien es ihm, als hätte es am Ende der Vision wie damals in seinem Geist zu ihm gesprochen! Sein Blick fällt auf das Horn in seinen Händen. Enthält es vielleicht mehr als den letzten Rest der magischen Kräfte des Einhorns? Zögerlich betrachtet er es, dann schüttelt er heftig den Kopf. Sorgfältig wickelt er es wieder in das Ledertuch und befestigt es am Gürtel.

Die Dämmerung hat schon eingesetzt. Er muss zurück. Er nimmt den direkten Weg zurück zum Lager, auch wenn das Gelände nicht leicht zu begehen ist. Seine Gedanken sind noch immer völlig beherrscht von den eindringlichen Bildern der letzten Vision, als ihm ein unscheinbares Schimmern zwischen den dicht stehenden Bäumen auffällt.

Ein kurzer Anflug des Glücks kommt über ihn und bringt wieder ein Lächeln auf seine Lippen. Schnell huscht er durch das Dickicht auf das Schimmern zu. Eine Elfenblüte! Hier im Herzen des Waldes war sie eigentlich selbst vor Waldläufern wie ihm sicher. Doch nun muss sie ihre Blüte hergeben. Der Elf zieht noch kurz ihren süßen, erfrischenden Duft in die Nase, dann trennt sein Jagdmesser die zarte Blüte vorsichtig vom tragenden Stängel. Er schenkt der Pflanze im Austausch etwas von seiner Kraft, die ihm die magische Kraftquelle Natur gibt. Sie soll sich schnell wieder erholen können. Magisches Wasser und magische Erde schließen die Wunde und treiben eine neue Blütenknospe aus.

Der Elf sieht zufrieden auf die geheilte Blume und wickelt ihre Blüte in das Ledertuch, das damals schon die erste Elfenblüte enthielt.

Mit diesem wertvollen Geschenk der Natur beeilt er sich jetzt, schnell zum Lager zurückzukehren. Die Zwerge erwarten ihn schon besorgt. Es ist bereits dunkel und das Abendessen ist längst bereitet. Ein kleines Feuer hilft gegen das Gefühl der Unsicherheit, das die drei Freunde seit dem Kampf gegen das Insektenwesen nachts spüren. Doch dieses Gefühl weicht erst einmal dem Gefühl der Erleichterung, als der junge Elf ans Feuer tritt.

Die Zwerge bedrängen ihn gleich mit Fragen, was ihn denn so lange aufgehalten habe. Da kann er nicht mehr über seine Visionen schweigen. Er erzählt den beiden von den Páladinen und Adánada.

Alles war so, als sei er selbst dabei gewesen. Aber er könne nicht einmal sagen, wann es zu diesem Kampf kam oder ob es überhaupt mehr wäre, als ein schrecklicher Traum.

Quíebo bemerkt, dass die Menschen der Akademie ihm vielleicht weiterhelfen können. Sie kennen sich mit vielen Arten der Magie aus und auch mit der Geschichte von Wígreda. Sie werden sicher wissen, ob es eine wahre Geschichte sein kann, und ob sie bereits ein endgültiges Ende gefunden hat oder nicht.

Der Elf nickt und sie nehmen sich vor, morgen gemeinsam bei der Akademie vorzusprechen.

Zuletzt übergibt er Quíebo sein Abschiedsgeschenk. Fast hätte er es vergessen. Der junge Zwerg ist hocherfreut und bedankt sich mehrmals überschwänglich.

Dann ist es schließlich Zeit schlafen zu gehen, zumindest für Gérom und den jungen Elfen, denn Quíebo will sich noch mit der Elfenblüte beschäftigen und hat deshalb die erste Wache übernommen.

Die aufgehende Sonne sieht die Wanderer am nächsten Morgen schon auf dem Weg über die Ebene von Thiríst zur Stadt gehen. Bald nimmt die gewaltige Stadtmauer einen beträchtlichen Teil des Horizonts ein. Sie nähern sich einem großen Stadttor.

Vier gut gerüstete Wachen stehen an den dunklen Innenwänden des mächtigen Torturms und mustern die Passanten.

Der Elf weicht ihren strengen Blicken aus. Auch Quíebo fühlt sich nicht wohl.

Gérom hingegen erwidert ihren strengen Blick, ja er fragt sogar eine der Wachen nach wichtigen Neuigkeiten.

„Nichts Neues. Alles in Ordnung!", bellt der Angesprochene kurz und regungslos zurück. Danach winkt er die Freunde durch, ohne sie weiter zu beachten.

Gérom sieht zurück zu seinen beiden Freunden, die ihn fragend ansehen. „Ihr dürft nicht den Eindruck erwecken, ihr hättet etwas zu verbergen. Wir müssen nun da lang." Er zeigt auf eine belebte Straße.

Sie ist mit grob behauenen Steinen gepflastert. Auf beiden Seiten stehen kleine, aber sehr gut gepflegte Häuser aus Stein mit steilen Schieferdächern.

Quíebo und der Elf spüren, wie unnahbar die Einwohner sind. Die meisten Menschen hier haben reglose Gesichter und hasten, ohne auf die anderen Menschen in der Nähe zu achten, durch die Straßen und Gassen. Niemand scheint hier irgendjemanden zu kennen. Schnell folgen sie Gérom, der ihnen bereits ein Stück voraus ist. Die eiligen Menschen ringsumher beachten die beiden gerade genug, um nicht mit ihnen zusammenzustoßen.

Nach einer kurzen Weile hält Gérom plötzlich an und deutet auf ein prächtiges, weißes Gebäude mit einem gewaltigen Steinturm, das vor ihnen aufragt. „Dies hier ist die Akademie des Ordens der vergessenen Künste." Ein zweiflügeliges Eichentor verwehrt ihnen den Zugang zum Hauptgebäude. Darüber zu sehen ist ein kunstvolles Wappen in tiefem Blau mit zwei silbernen, an den unteren Ecken übereinander liegenden, geöffneten Folianten.

Gérom zögert nicht lange und klopft geräuschvoll an. Einen kurzen Augenblick später öffnet ein hagerer, dunkelhaariger Mann in einer schlichten, hellblauen Robe einen der Torflügel. Mit skeptischem Blick mustert er die drei Reisenden und fragt: „Was ist euer Begehr?"

„Wir kommen von Mórak her und bringen den *Kommenden Weisen von Mórak* zur Ausbildung für ein Jahr", erwidert Gérom ernst und würdig.

Das macht Eindruck. Der junge Mann wirkt sofort freundlicher, als er die Wanderer ohne Zögern hereinbittet und das große Tor hinter ihnen schließt. Sie betreten einen hellen, großzügig angelegten Warteraum mit Holzbänken auf beiden Seiten. Der junge Mann verlässt eilig den Raum durch eine weitere Holztür.

Gérom nimmt Quíebo in den Arm und lächelt ihm zu. „Bald bist du auf dich allein gestellt, mein Freund." Dieser macht keinen sehr glücklichen Eindruck. Sicher wird er seine Kameraden sehr vermissen. Aber er kennt auch seine Pflicht. Nach einem vollen Jahr wird ihn eine Delegation Zwerge wieder abholen. Vielleicht wird sie wieder von Gérom angeführt werden.

Auch der Elf lächelt Quíebo zu. „Lerne nur gut, dann brauchst du später nicht noch einmal hierhin zurückzukehren", gibt er ihm noch freundlich spottend mit.

„Wir werden noch ein paar Tage bei dir bleiben", ergänzt Gérom beruhigend.

In diesem Augenblick öffnet sich die Tür wieder und hereinkommen der junge Mann vom Empfang und ein älterer Mann in blauer Robe, der sofort gemessenen Schrittes auf die Besucher zugeht.

„Seid willkommen, meine Freunde! Ich bin Meister Fayádos." Der Magier trägt einen eindrucksvollen, grauen Schnurr- und Spitzbart. Sein schütteres graumeliertes Haupthaar reicht ihm bis zu den Schultern. Seine klugen, bestimmten Augen lächeln nacheinander jeden Besucher an. Gérom überreicht dem Meister ein versiegeltes Schreiben von König Útward.

Meister Fayádos wirft nur rasch einen Blick auf das Siegel, dann verschwindet der Brief in einer versteckten Tasche seiner Robe. „Lasst mich euch zuerst die Gästezimmer zeigen, die für euch vorbereitet wurden", sagt er mit fester, freundlicher Stimme.

Der Magier führt die Besucher durch die Akademie zu dem Flügel mit den Gästezimmern. Die Korridore ähneln denen von Mórak, auch wenn hier natürlich deutlich weniger massiv gebaut wurde. Gérom erinnert sich, dass einst die Zwerge von Mórak dieses Gebäude errichtet haben. Seine Architektur gleicht sehr der von Mórak.

Die Wanderer verstauen ihr Gepäck in ihren Zimmern und folgen dann wieder Meister Fayádos. Er führt sie zu dem Teil der Akademie, der dem Schulbetrieb gewidmet ist. Dort überantwortet er Quíebo einem der Lehrmeister, der sich von jetzt an um ihn kümmern wird. Zum Abendessen würden sie sich schon wiedersehen, sagt der Magier zum Abschied. Auch Gérom und der junge Elf verabschieden sich mit einem freundlichen Nicken von Quíebo.

Auf die Frage hin, ob er denn noch etwas für sie tun könne, nickt Gérom bestimmt. Zögerlich offenbart er dem erstaunten Meister seinen Wunsch, wie sein Elfenfreund mit den Winden sprechen zu können.

Mit nachdenklicher Miene betrachtet der Magier den Zwerg und sagt dann, man könne zumindest prüfen, ob er denn überhaupt das Talent habe, die magischen Elemente zu lenken. So geht er dann mit Gérom und dem jungen Elfen zu einem anderen Lehrmeister und beauftragt ihn mit der Untersuchung Géroms.

Mit einem Wink an den Elfen, auch sein Problem von Fayádos klären zu lassen, verabschiedet sich Gérom dankend. Der junge Elf zögert noch, doch Fayádos ist längst neugierig auf dessen Geschichte. Was macht er allein bei den Zwergen und welches Problem quält ihn?

Der junge Elf muss fast seine ganze Reise erzählen. Woher er kommt, warum er auszog, was ihm auf der Reise nach Mórak passierte und auch auf die Visionen kommt er schließlich zu sprechen. Meister Fayádos hört sichtlich fasziniert von den Páladinen und erschrickt bei der Erwähnung Adánadas. „Ja. Die Schlacht ist wohl so geschehen. Die Páladine von heute hüten ihre Vergangenheit eifersüchtig, doch ihr Kampf gegen Adánada ist legendär. Allerdings ist mir niemand bekannt, der solche Details über die Schlacht wüsste. Dass Adánada zurückkehren könnte, ist höchst beunruhigend!" Mit gesenktem Blick und die Faust vor den Mund gepresst, überlegt der Meister.

„Wer ist Adánada?", fragt der Elf. Der Magier blickt kurz auf. „Es ist wieder nur eine alte Legende, doch könnte sie auch wahr sein", erwidert er nachdenklich. „Adánada soll der *Erste Geist* sein, die erste Kreatur, die in die Welt kam. Sie ist für unsere Verhältnisse vollkommen in jeder Hinsicht. Ihr Verstand ist erfüllt vom Feuer der puren Brillanz, und sie hatte einst den unsterblichen Körper eines Gottes. Sie war die mächtigste individuelle Kraft im Kampf zwischen Chaos und Kosmos. Welcher Seite sich Adánada auch in seinen vielen Leben anschloss, sie war stets leicht dominant, wenn er dann schließlich starb. Das Gleichgewicht der Urkräfte blieb gewahrt, weil es einmal die eine und einmal die andere Seite war, für die der *Erste Geist* stritt. Doch dann wurde das sensible Gleichgewicht für immer zerstört. Adánada ließ sich zum Chaospriester weihen. Diese Entscheidung ist nach wie vor unerklärlich, weil sie unumkehrbar ist und keiner der ersten Geister je diesen Schritt tat."

Die flinken, braunen Augen des Meisters wandern zurück zum Elfen. „Es muss einen guten Grund geben, warum ein junger, ahnungsloser Elf diese außerordentlich bedeutungsvollen Visionen empfängt." Fayádos kneift die Augen zusammen. „Ja, ich denke, wir sollten alles in unserer Macht Stehende tun, um dieses Geheimnis zu lüften." Er lächelt.

„Ich bilde mir nicht ein, dass die Akademie das große Gleichgewicht wiederherstellen kann, doch vielleicht ist es an uns, ganz getreu unserem Namen, einen alten Plan zur Wiederherstellung des Gleichgewichts wiederzubeleben."

Der junge Elf starrt fast überwältigt in die faszinierten Augen des Meisters. Könnte er ihm ein neuer Mentor für seine Reise werden? Er weiß vielleicht etwas über den wahren Ursprung seiner Visionen. Aber kann er ihm deswegen schon seinen Weg weisen? Andererseits sollte er keinen Rat ausschlagen, der ihm möglicherweise hilft, seinen Weg zu erkennen. So nickt der Elf schließlich schüchtern und Fayádos nimmt ihn mit sich. Entlang polierter Steingänge fliegt der Magier förmlich dahin.

Nur seine edle Robe zwingt den Meister, ein Minimum an Würde zu bewahren. Alle paar Schritte vergewissert er sich, dass ihm der Elf auch folgt. Die Augen des Magiers leuchten vor Erregung. Sein Atem wird lauter. Der Elf folgt dem Meister unsicher. Der Weg führt nach einer unscheinbaren Tür durch einen schmalen Gang, der an beiden Seiten mit riesigen, prachtvollen Bildern behangen ist. Sie alle stellen verschiedene Magier in einer stolzen Pose dar. Ihre Augen sind stets auf den Besucher gerichtet – wo immer dieser auch steht. Es ist beängstigend. Kein Fenster, keine Tür unterbricht diese Galerie der Magier.

Als im Vorübereilen der Blick des Elfen auf den letzten Magier der Reihe fällt, bleibt er erstaunt stehen. „Wer ist das?", fragt er verwundert. Der Meister wirft einen kurzen Blick auf das gezeigte Portrait und sagt dann spürbar ungeduldig: „Dies ist unser ehrwürdiger Ordensgründer Ohldamár. Es ist nicht mehr weit. Lass' uns weiter gehen." Der Elf stutzt. Dieser Magier ist nicht das, was er zu sein vorgibt. Es ist doch ganz offensichtlich. Er ist ein Elf! Zwar sind seine Ohren rund wie die eines Menschen, doch die Gesichtszüge und vor allem die Augen sind die eines Elfen. „Lebt er noch?", fragt der Elf beharrlich nach. „Nein, natürlich nicht. Er lebte vor vielen hundert Wintern. Wir müssen jetzt weiter." Er weiß es nicht! Ein Elf könnte auch heute noch leben.

Wenige Momente lang noch treffen sich seine Blicke mit denen seines geheimnisvollen Elfenbruders, dann folgt er dem Meister durch eine prächtige Tür in den Turm, Fayádos' Ziel.

Sie betreten einen großartigen Raum, der den ganzen Turm auf dieser Ebene ausfüllen muss. Völlig fensterlos wird er beleuchtet von Licht, das von zahlreichen magischem Goldverzierungen an der fast schwarzen Innenwand ausgestrahlt wird. Sie stellen teils die Sterne des nächtlichen Himmels dar, teils legendäre Wesen und Zauberer. Je zwei schmale Wendeltreppen führen rechts und links in Wandnähe in höhere und tiefere Stockwerke.

Entlang der runden Steinwände stehen kleine Holzregale mit Büchern von sehr unterschiedlicher Größe und einige merkwürdig aussehende Gegenstände. Mehrere Lesepulte mit einfachen Holzstühlen davor sind über den ganzen Raum verteilt. Ein schwerer, rechteckiger Eichentisch mit lederbespannten Lehnstühlen bietet Platz für ein knappes Dutzend Personen.

Im Zentrum des Raumes erstreckt sich eine große freie Fläche. Alles ist augenscheinlich penibel geordnet und gut gepflegt. An einem der Lesepulte sitzt ein alter Mann in eine blaue Robe gekleidet, wie Meister Fayádos sie trägt. Er hat einen langen, fast weißen Vollbart, äußerst spärliches Haupthaar und ist über ein großes Buch gebeugt. Neben ihm lehnt ein reichverzierter Stab aus einem dunklem Holz mit einer etwa kopfgroßen Kristalllinse darauf.

„Ehrwürdiger Großmeister Khálon! Es gilt, ein hoch bedeutsames Geheimnis zu lüften!", ruft Fayádos ihm aufgeregt zu. Der alte Mann hebt das Haupt und blickt dem Meister missmutig entgegen, während dieser ihm eilig entgegengeht. Atemlos, aber doch in der gebotenen Sorgfalt, berichtet er von den Visionen des Elfen.

Der alte Großmeister vernimmt es stoisch, mit skeptischer Miene. Manchmal scheint es, als würde Verwunderung die starre Skepsis seines Gesichts aufbrechen können, doch letztlich immer nur für einen kurzen Augenblick. Die starren, graublauen Augen in seinem von tiefen Falten zerfurchten Gesicht sind undurchdringlich wie eine Mauer aus Stein.

Als dann Fayádos seinen Bericht mit der Bitte um eine umfangreiche Untersuchung des Elfen beendet, mustert Khálon diesen scharf für einige Momente. Dem Elfen läuft es kalt den Rücken herunter.

„Ich hoffe, ihr irrt euch nicht, Fayádos. Es wäre schade um die verlorene Zeit", krächzt der alte Großmeister. Seine besten Jahre liegen weit hinter ihm und sein schwacher Körper zwingt den noch ungebrochen starken Geist zu immer mehr Zugeständnissen. Umständlich erhebt sich Khálon von seinem Stuhl und ergreift den Stab mit der Kristalllinse. Unwirsch wehrt er dabei Fayádos' hilflose Versuche ab, ihn zu stützen.

Mit durchdringenden Augen mustert er nun erneut den jungen Elfen vor ihm, der den in ihm aufkommenden unwillkürlichen Fluchtinstinkt unterdrücken muss. „Keine Angst, mein Freund", flüstert Fayádos ihm ins Ohr, als er die Furcht in dessen Gesicht liest. „Lege deine beiden magischen Gegenstände ab, junger Elf!", befiehlt der Großmeister hart.

Der Elf zuckt zusammen. Schnell nimmt er den Stirnring von seinem Haupt und legt ihn zusammen mit dem eingewickelten Horn auf den großen Eichentisch. Ungeduldig winkt ihn der alte Großmeister wieder zu sich zurück.

Zögerlich gehorcht der Elf. Mit beiden Händen hält Khálon den Stab mit der Kristalllinse vor sich und betrachtet den jungen Elfen durch sie hindurch. Fayádos tritt flink hinter Khálon und starrt erwartungsvoll auf das, was die Kristalllinse offenbart. Der junge Elf sieht durch die Linse nur das grotesk verzerrte Gesicht des alten Großmeisters.

Doch auf Fayádos' Gesicht fallen zahlreiche flackernde Lichtscheine in verschiedenen Farben. Sie stammen wohl von der Linse. Fayádos' Augen folgen gebannt dem verborgenen Farbenspiel.

Der junge Elf spürt, wie die Kraft der Kristalllinse in ihn eindringt. Sie durchdringt ihn vollständig. Er fühlt sich nackt.

„Er ist nicht im Bunde mit einer großen magischen Macht", krächzt der Großmeister leise. „Seine Kraftquellen der Magie sind Natur, Geist und Harmonie", ergänzt Meister Fayádos. „Aber er wurde beeinflusst von Magie", setzt Khálon knapp fort. „Die Quelle der Beeinflussung war ihm ganz nahe! Fayádos, hole den Stirnring!" Der Meister eilt, um den Stirnring zu holen. Doch noch bevor er wieder zurück ist, überfällt den alten Großmeister der Ausdruck völliger Überraschung. „Was ist das?", haucht er entsetzt.

Da unterbricht Fayádos plötzlich die Vision dadurch, dass er den Elfen wunschgemäß zur Seite treten lässt und den Stirnring vor die Linse hält.

Der alte Großmeister schreckt kurz auf, fängt sich aber schnell wieder, wirft einen kurzen Blick auf das, was ihm die Kristalllinse über den Stirnring verrät, und sagt dann ungeduldig:

„Ja, wie erwartet. Der versteckte Silberanteil des Stirnringes überträgt hin und wieder alte Erinnerungen auf den Elfen. Er muss sicher nur auf den Rest der Erinnerungen warten, um auch das Ende der Geschichte zu erfahren. Recht geschickt gemacht. Jetzt aber fort mit dem Stirnring und lass den Elfen wieder vortreten!"

Erstaunt hastet Fayádos fort, um den Stirnring wieder zurück auf den Tisch zu legen. Der junge Elf, von der letzten Untersuchung und ihrem plötzlichen Abbruch noch immer benommen, sieht dem Meister verwirrt hinterher. Doch Khálon wartet nicht darauf, dass der junge Elf wieder vortritt, sondern geht selbst einen Schritt vor. Geräuschvoll trifft der Stab auf den Steinboden, und die Linse schlägt den Elfen wieder in ihren Bann.

Wieder fühlt sich dieser wie durchleuchtet, doch jetzt noch stärker als zuvor. Sein Geist wird bedrängt, sein innerstes Wesen erforscht. Die Kristalllinse dringt tief in seine Seele! Heftige Schmerzen lassen ihn zu Boden sinken. Er schreit auf, doch die Linse dringt weiter in ihn ein! Schließlich gibt sein Geist auf und ihm schwinden die Sinne.

Quälende Kopfschmerzen. Dann sanfter, süßer Geruch. Elfenblüten sind wunderbar! Er öffnet schwach die Augen. Eine Elfenblüte ist direkt vor seiner Nase. Es ist Quíebos Elfenblüte. Er ist es, der sie ihm hinhält.

Mit einem erleichterten Lächeln begrüßt er den Elfen. Gérom und Fayádos sind auch da und sehen ihn freundlich an. Er liegt im Bett seines Zimmers in der Akademie.

„Was ist geschehen?", fragt der junge Elf müde. Fayádos hat den Blick gesenkt und sucht nach passenden Worten. Quíebo reißt ein Blütenblatt ab und reicht es dem Elfen. Dieser nimmt es dankbar an und isst es. Das altbekannte Gefühl der Wärme breitet sich in ihm aus. Seine Kräfte kehren langsam wieder zurück. Dabei kehrt sein Blick fragend zum Meister zurück, der jetzt endlich zu sprechen beginnt.

„Es ist meine Schuld. Auf die Kristalllinse muss man vorbereitet werden. Sie kann großen Schaden anrichten, falls man sich gegen sie wehrt." Die Zwerge sehen ihn ärgerlich an. Er weicht ihren Blicken aus und macht eine kurze Pause.

„Aber es scheint ja noch glimpflich verlaufen zu sein. Wer hätte auch ahnen können, dass wir einen für uns so bedeutsamen Seelenzauber finden würden? Unser ehrwürdiger Ordensgründer Ohldamár selbst hat es uns unter anderem zur Aufgabe gemacht, diesen Seelenzauber zu erforschen und zu perfektionieren. Er ist so komplex, dass es bisher kaum jemandem gelungen ist, ihn auch nur in der einfachsten Form zur Wirkung zu bringen. Ohldamár ist seinerzeit der größte Meister dieses Zaubers gewesen, doch selbst er spekulierte, dass man ihn nur dann zur wahren Meisterschaft bringen könnte, wenn man ihn in mehr als einem Leben studieren würde. So verließ er auch seinen Orden der vergessenen Künste, um sich seinen Zauber in die Seele zu brennen, zu sterben und schließlich in einem neuen Leben in seine Akademie zurückzukehren, um dort sein Studium fortzusetzen.

Er überließ uns den Stab mit der Kristalllinse und seinen Stab aus Geisterbaumholz, um letzteren dem ersten Wesen zu überlassen, das in seiner Seele seinen Zauber trägt, was uns ersterer erkennen lassen soll.“

Fayádos macht eine bedeutsame Pause, dann verneigt er sich tief und spricht feierlich: „Euer Orden steht euch noch immer ganz zu Diensten, ehrwürdiger Ohldamár.“

Die Zwerge sind verblüfft. Die Menschen der Akademie halten ihren Elfenfreund für ihren wiedergeborenen Gründer! Der Elf ist noch zu erschöpft, um zu erfassen, wovon Meister Fayádos da spricht. Dieser hat ihre Verwirrung anscheinend erwartet und verkündet stolz:

„Selbst für den Fall, dass er seine Erinnerungen noch nicht wieder zurückgewonnen haben sollte, hat er vorgesorgt. Sucht die *Steinernen Weisen*, ehrwürdiger Ohldamár. Sie wissen, wer ihr wirklich seid und sie werden euch auch helfen, euch an euer vergangenes Leben zu erinnern.“

Kapitel 7

Neue Lehren

In den folgenden Tagen des *Wachsenden Mondes* erholt sich der Elf von der durchdringenden Gewalt der Kristalllinse, die ihm beinahe den Geist aus dem Körper getrieben hätte.

Fast die gesamte Akademie sorgt mit größtem Aufwand für ihren wiedergekehrten legendären Ordensgründer. Die fünf Meister bringen ihm die verschiedensten Stärkungsmittel zur Beschleunigung seiner Genesung. Allerdings verschüttet Quíebo einige von denen scheinbar unglücklich, weil er sie für eher gefährlich als nützlich hält. Das bringt ihm schnell den Unmut der Meister und den Ruf eines Tollpatsches und Dilettanten ein. Doch das kümmert Quíebo nicht viel. Er gibt seinem Elfenfreund ein weiteres Blütenblatt der Elfenblüte. Damit erreicht er schließlich dessen vollständige Erholung nach einigen Tagen der Ruhe.

Die beiden Zwerge hatten dabei die größte Mühe, die unzähligen vermeintlichen Heiler und aufdringlichen Weisheitssucher von ihrem Freund fernzuhalten. Nur den fünf Meistern konnten sie den Zugang zu dem Elfen nicht verwehren. Allein Großmeister Khálon bekamen sie nicht zu Gesicht. Er ließ nur seine besten Genesungswünsche ausrichten.

Mittlerweile haben die beiden Zwerge und ihr Elfenfreund die innere Ordnung und Hierarchie der Akademie gut kennengelernt. Der Orden der vergessenen Künste wird von seinem Großmeister und den fünf Meistern geleitet. Jeder Meister ist Spezialist für ein anderes der fünf Elemente, aus denen Wígreda besteht: Erde, Feuer, Luft, Schatten und Wasser. Stirbt der Großmeister, so wird sein Portrait in der Galerie aufgehängt und die fünf Meister küren den größten aus ihren Reihen in einem komplizierten Ritual zum neuen Großmeister des Ordens.

Um eine Art Dynastie eines Elementes zu verhindern, wird in der Regel ein Meister auserwählt, dessen Element neutral zu dem des alten Großmeisters steht. Der neue Großmeister erhält als Zeichen seiner Würde den Stab mit der Kristalllinse, den einst Ohldamár selbst unter anderem zu diesem Zweck schuf. Er soll dem Großmeister auch zur genauen Analyse von Zaubern dienen, in welcher Form sie auch immer vorliegen.

Wenn auf diese oder eine andere Weise ein Platz unter den fünf Meistern frei wird, so wird dieser den Absolventen der Akademie angeboten, welche das verwaiste Element am besten beherrschen.

Der Großmeister bestimmt den Sieger, nachdem alle Kandidaten ihre Fähigkeiten in einem mehrtägigen Wettkampf unter Beweis gestellt haben. Sie dürfen dabei nur die eigenen Kräfte nutzen, keine magischen Gegenstände oder gar die Kräfte eines anderen Wesens, mit dem sie vielleicht im Bunde stehen. Fayádos ist der amtierende Meister des Feuers.

Er gilt seit seiner Berufung zum Meister als die rechte Hand von Großmeister Khálon und dessen wahrscheinlichster Nachfolger, denn Khálons Hauptelement ist die Luft und diese steht dem Feuer neutral gegenüber. Die junge Elfe Saméne, Meisterin des Schattens, des anderen neutralen Elementes, ist eher weniger interessiert an der Politik und der Leitung der Akademie.

Am Morgen des ersten Tages des *Reifenden Mondes* versammeln sich alle Mitglieder der Akademie, um in einer großen Zeremonie den unbekannten Elfen als ihren zurückgekehrten Ordensgründer Ohldamár offiziell zu begrüßen. Die Freunde sind nicht besonders glücklich. Die beiden Zwerge müssen abseits bei den vielen enthusiastischen Magiern stehen. Der junge Elf sitzt unbeholfen auf einem der großen Lehnstühle am Ende des großen Eichentisches im schwarzen Zentrum des Turms.

An den beiden Seiten sitzen die fünf Meister und ihm gegenüber Großmeister Khálon. Der alte Magier wankt bedenklich, als er nach einer kurzen Rede dem jungen Elfen mit schmerzhaft gebeugtem Knie den Stab aus Geisterbaumholz und damit pflichtgemäß, wie er sagt, die ewige Loyalität des Ordens übergibt. Schnell nimmt der Elf den Stab und hilft Khálon mitfühlend beim Aufstehen, was dieser regungslos zulässt.

Der lange Stab aus dem legendären, fast weißen Geisterbaumholz ist verblüffend regelmäßig geformt und schlank. Zweifellos könnte er mit seiner ebenmäßigen Form auch als Waffe dienen. Doch seine wahre Macht wird dem Elfen erst klar, als er ihn in die Hand nimmt: Die Kraft der magischen Erde fließt in ihm! Sie ist so stark, dass er sie auch ohne eine magische Vision spüren kann. Dieses großartige Artefakt geschenkt zu bekommen und die allseitige Verehrung beschämt ihn zutiefst.

Die enthusiastische Menge der versammelten Magier stimmt begeistert ein vielfaches „Hoch!" an. Nach dem offiziellen Ende der Zeremonie werden in der Menge Stimmen laut, der Ehrwürdige möge zu ihnen sprechen und ihnen seine Weisheiten kundtun. Der junge Elf sieht hilflos in die Gesichter der Magier, die voller Spannung seine Rede erwarten.

Nur Großmeister Khálon, der erschöpft auf seinem Lehnstuhl Platz genommen hat, fixiert ihn scharf. Der Elf steht vor der Menge und hebt beschwichtigend die Hände. „Ihr erwartet zu viel von mir. Ich erinnere mich nicht..." Da lenkt Khálon plötzlich die ganze Aufmerksamkeit auf sich, indem er mit seinem Stab einmal kräftig auf dem Steinboden aufstampft. Der junge Elf zuckt zusammen. Die Stimmen verstummen.

„Erkennt ihr nicht, dass der ehrwürdige Ohldamár sich noch nicht erinnern kann? Er muss erst zu den *Steinernen* Weisen reisen, um sein Gedächtnis zurückzuerlangen. Verschont ihn also bis dahin mit euren infantilen Fragen!", krächzt der Großmeister, lauter als es seine Stimme eigentlich erlaubt. „Lasst uns allein!"

Die meisten Magier verlassen enttäuscht, aber gehorsam schweigend den Raum. Die Zwerge fühlen sich nicht angesprochen und bleiben. Auch die Meister bleiben und setzen sich auf ihre Lehnstühle.

„Ja, zu den *Steinernen Weisen* müsst ihr, ehrwürdiger Ohldamár. Doch zuerst sollt ihr lernen, was die Akademie zu eurem Seelenzauber in Erfahrung gebracht hat, in den mehr als 200 Wintern", spricht Khálon schwach mit fast geschlossenen Augen.

„Ich selbst sollte euch dazu unterrichten." Der junge Elf erstarrt. Die Erinnerung an seine Analyse mit der Kristalllinse ist noch schmerzhaft nah. „Doch ich muss diese wichtige Aufgabe an Fayádos delegieren. Meine Zeit ist zu knapp und er hat mein ganzes Vertrauen."

Der Meister des Feuers lächelt selbstbewusst und der junge Elf atmet erleichtert aus. „Sobald ihr zumindest das Nötigste verstanden habt, werdet ihr zu den *Steinernen Weisen* aufbrechen." Eine Pause entsteht, in der nur Khálons angestrengtes Atmen zu hören ist. „Verlasst mich nun alle. Ich muss mich ausruhen." Wortlos verlassen die Meister und die Freunde den schwarzen Raum.

In der Galerie ist niemand mehr, als die Gruppe sie betritt. „Morgen früh soll der Unterricht beginnen, wenn es euch recht ist, ehrwürdiger Ohldamár." Meister Fayádos sprüht wieder vor Tatendrang.

Der Angesprochene nickt nur geistesabwesend. Die *Steinernen Weisen*. Sie sollen ihn kennen? Oder wissen sie, wer er einmal war, in einem seiner früheren Leben? Gérom, der ihm gerade aufmunternd die Hand auf die Schulter legt, erinnert ihn an seine Verpflichtung gegenüber König Útward. Nach Mórak muss er natürlich auch noch zurück. Sie sind schon länger in Thiríst als es geplant war. Zumindest kennt er jetzt das nächste Ziel auf seinem Weg. Aber er muss noch mehr erfahren.

„Morgen früh ist es mir recht", sagt der Elf. „Doch erzählt mir noch von den *Steinernen Weisen*, Meister Fayádos." Der Meister des Feuers setzt im gewohnten Ton des Lehrers an. „Die *Steinernen Weisen* sind eine Gruppe von Statuen, die so aussehen wie versteinerte Magier. Sie sind recht schwer zu finden, was für viele der Beweis für die Richtigkeit der Sage ist, dass sie tatsächlich früher einmal Zauberer waren, die sich vor Urzeiten selbst in Steinstatuen verwandelten, um ihr Leben für ihre magischen Forschungen auf ewig zu verlängern. Sie schätzen keine Besucher und verhindern mit mächtigen Zaubern das Finden – oder das Bleiben."

Fayádos ergänzt lächelnd, „Aber dies gilt selbstverständlich nicht für euch, ehrwürdiger Ohldamár."

„Wie kann ich sie finden?", fragt der junge Elf weiter. „Das ist nicht ganz einfach. Ich selbst habe sie einmal auf meinen Reisen besucht. Um sie zu finden, tat ich einfach das Naheliegende. Ich konzentrierte mich darauf, eine große Konvergenz von magischen Kräften in dem Gebiet nördlich des Kristallsees zu finden. Es dauerte trotzdem fast einen Mond, bis ich sie schließlich fand. Euch wird diese langwierige Suche selbstverständlich erspart bleiben, denn ich selbst werde euch persönlich zu ihnen führen, sobald ihr es nur wünscht, ehrwürdiger Ohldamár." Der junge Elf nickt versonnen.

Die nächsten Tage verbringen die drei Freunde hauptsächlich mit ihren verschiedenen Lehrmeistern. Der Meister der Luft hat bei Gérom ein gewisses Talent für sein Element gefunden und lehrt ihn, wie er die Winde mit der Kraft seines Geistes beeinflussen kann.

Quíebo setzt seine reguläre Ausbildung fort und der junge Elf erhält von Fayádos die ersten Einblicke in einen Zauber, den seine Seele schon gut kennen soll, von dem er selbst allerdings noch nichts wusste. Die Freunde lernen eifrig und schnell vergeht mehr als ein Mond.

Gérom hat mittlerweile seine neugewonnene magische Fähigkeit so weit entwickelt, dass er sie auch allein durch weiteres Üben weiterentwickeln kann. Quíebo hat seinen schlechten Ruf durch gute Leistungen wieder verbessert. Die meisten seiner Lehrmeister sind nun zufrieden mit ihm.

Die ursprünglich sehr große Euphorie unter den Magiern über die Rückkehr ihres Ordensgründers weicht bald der Ernüchterung. Dieser junge Elf ist eindeutig die Reinkarnation des ehrwürdigen Ohldamár – das war nach dem spektakulären Kniefall des Großmeisters jedem vollkommen klar, doch seine freizügig geteilten Weisheiten entspringen offenbar eher der kryptischen Philosophie der Elfen Silváhedons, als der Lehre ihres alten Gründers. So verloren die meisten Magier doch rasch das Interesse an dem Elfen. Vielleicht würde er ihnen mehr Erleuchtung bieten können, wenn er erst bei den *Steinernen Weisen* war und nach dieser Begegnung mehr er selbst sein würde. Allein Fayádos ist nach wie vor von ihm und seiner ganzen Geschichte fasziniert, und verbringt über den Unterricht hinaus viel Zeit mit dem jungen Elfen.

Es ist bereits der zweite *Sterbende Mond* des Jahres. Fayádos und der Elf haben den ganzen Tag lang den Seelenzauber studiert und sich nach dem Abendessen ein weiteres Mal in Fayádos' Arbeitsraum getroffen. Der Raum ist ähnlich dem großen schwarzen Raum im zentralen Turm eingerichtet. Die Wände sind rußgeschwärzt und mit drei gut gefüllten Bücherregalen zugestellt. Ein großer rechteckiger Tisch aus Eichenholz steht in der Mitte. Schwere eiserne Kohlebecken, kunstvoll mit kleinen skurrilen Feuerwesen verziert und mit glühenden Kohlen gefüllt, stehen in den Ecken und schaffen im ganzen Raum eine fast unangenehme Wärme.

Heute soll der junge Elf seinen Seelenzauber zum ersten Mal zur Wirkung bringen. Der Meister des Feuers hat zu diesem Zweck einige magische Gegenstände mitgebracht, um reichlich magische Kraft dafür aufbringen zu können. Denn je unvollkommener ein Zauberer einen Zauber beherrscht, desto mehr magische Kraft benötigt er, um ihn zu wirken. Er hält in der einen Hand einen langen Stab aus schwarz glänzendem Ebenholz, in den eine Silberspirale eingelegt ist, die sich der Länge nach um den Stab windet. In seiner anderen Hand hält er einen großen goldenen Ring, in den ein Bernstein eingefasst ist, und ein Silberamulett mit einem eingefassten Rubin.

Auch der Elf hat seine zwei Artefakte bereit. Der *Stab des Ohldamár* lehnt neben ihm an der schwarzen Wand und er trägt wie üblich seinen Stirnring auf dem Haupt.

„Ihr solltet auch das Horn des Einhorns nutzen", sagt der Meister, während er die magischen Gegenstände vorsichtig vor sich auf den heute ausnahmsweise leeren Arbeitstisch legt. „Es hat sicherlich noch immer große Kräfte." Der Elf ist peinlich berührt. „Woher wisst ihr..." „Es ist nicht möglich, einen derart besonderen Gegenstand vor der Kristalllinse zu verbergen", antwortet der Meister des Feuers souverän.

Zögernd löst der Elf das Horn, das wie immer in sein Ledertuch eingewickelt an seinem Ledergürtel befestigt ist, von diesem ab, nimmt es in die Hand und wickelt es aus. Traurig betrachtet er es. Ungeduldig tritt Fayádos an ihn heran und noch bevor der Elf reagieren kann, greift er nach dem Horn.

„Damit haben wir sicher... Ah!" Mit einem überraschten Aufschrei zieht er seine Hand zurück, denn in dem Augenblick, als er das Horn berührte, überzog sich seine Hand blitzartig mit einer Eisschicht. Mit schmerzverzerrtem Gesicht hält er seine rechte Hand.

Der Elf sieht ihn erstaunt an. Mit unterdrücktem Ärger erwidert Fayádos seinen Blick. „Das Horn hat wohl einen sehr starken Willen", kommentiert er sein Missgeschick mürrisch. Einen Augenblick später hat der Meister seine Fassung wiedererlangt. Er hält seine rechte Hand vor sich hin und sieht sie scharf an. Sie beginnt langsam in einem roten Leuchten zu pulsieren. Sie strahlt Wärme aus. Das Eis schmilzt schnell und tropft als Wasser auf den warmen Steinfußboden. Das Leuchten verschwindet. „Ihr müsst das Horn nehmen. Mich lehnt es offenbar ab", bemerkt der Meister des Feuers beleidigt. Der Elf sieht wieder auf das Horn und schüttelt dann leicht aber bestimmt den Kopf.

„Ich möchte es noch nicht nutzen", sagt er leise. Der Magier zieht gespielt gleichgültig die Augenbrauen hoch. „Ganz wie ihr es wünscht. Wir werden es wahrscheinlich ohnehin nicht brauchen."

„Ich habe mir diese potenten magischen Gegenstände von den anderen Meistern ausgeliehen. Die Kräfte im *Stab des Ohldamár* sind sicher gewaltig, denn er wurde in all der Zeit nicht benutzt und wie von euch in eurem früheren Leben bestimmt im Arboretum der Akademie vergraben.

Die lebendige Erde dort hat ihn über die lange Zeit hinweg mit ihrer Kraft gespeist und sein Potential gewaltig vergrößert. Euer Seelenzauber erfordert zwar den Einsatz aller fünf Elemente, jedoch werden wir allein mit eurem Stab den Anteil der magischen Erde decken können. Auch magisches Wasser bietet der Stab, denn Geisterbaumholz bleibt immer frisch und trocknet nicht aus. Um die magische Kraft der anderen drei Elemente von mir selbst und den geborgten Gegenständen zu erhalten, beschwört einfach meinen Namen. Ihr wisst doch, wie man das macht?" Der junge Elf nickt unsicher.

Er hatte vor langer Zeit einmal den eigentlichen Namen des alten Sehers, Návayot, beschworen, um dessen magische Kräfte für sich nutzen zu können. Damals war er noch sehr jung. Er hatte sich in einem fernen, ihm unbekannten Teil des Waldes verirrt und war am Ende seiner Kräfte. Jetzt ist es anders und er fühlt sich nicht ganz wohl bei dem Gedanken, den Magier bei seinem Namen zu beschwören. Kein Elf teilt seine Kräfte leichtfertig mit jemandem, den er nicht sehr gut kennt.

Dennoch nimmt er nun den *Stab des Ohldamár* in beide Hände und stellt ihn vor sich hin. Er schließt die Augen und konzentriert sich auf seinen Seelenzauber. Fayádos steckt sich den Ring an den Finger und legt das Amulett um. Dann nimmt auch er den Ebenholzstab in beide Hände und stellt ihn vor sich hin. Gespannt beobachtet er den Elfen, der ihm auf der anderen Seite des Tisches direkt gegenübersteht.

Da öffnet der Elf die Augen und spricht laut: „Meister Fayádos, leiht mir eure Kraft!" Der Meister des Feuers lächelt, dann schließt er kurz die Augen und öffnet sie wieder. Der junge Elf schwankt leicht, als er die gebündelten Kräfte des Magiers und der Artefakte schlagartig in sich spürt. Schnell lässt er sie in feste Bahnen fließen. Die Kräfte aller fünf Elemente fließen ineinander und formen nach seinem Geist und seiner Intuition ein kompliziertes Geflecht vor seinem inneren Auge.

Die Elemente fließen als gewaltiger Strom durch seinen Leib. Er fühlt sich stark. Nie zuvor hatte er so viel magische Macht in sich. Und sie wächst noch weiter. Aus dem *Stab des Ohldamár* pulsieren das magische Wasser und die magische Erde. Fayádos lässt in gleichem Maße die anderen drei Elemente einfließen. Der Elf lenkt die wachsenden Kräfte weiter in den Strom, sorgt für das Gleichgewicht der Elemente und lässt den Zauber sich entfalten.

Schon spürt er, wie ihn die Magie verändert. Er fühlt sich so leicht. Seine Sicht verändert sich. Die meisten Dinge verblassen.

Nur die vielen magischen Gegenstände leuchten heller und heller in vielen strahlenden Farben. Sein Stab leuchtet am stärksten. Er glüht im fließenden Wechsel zwischen brillantem Grün und Blau. Er sieht auch eine leuchtende Gestalt dort, wo zuvor der Magier stand.

„Was ist das?", ruft er aus. „Was seht ihr, ehrwürdiger Ohldamár?" Fayádos sieht, wie sich der Elf mit verklärten Augen umsieht. „Ich sehe die magischen Kräfte leuchten! Und auch ihr leuchtet!" „Das muss ein Nebeneffekt eures Zaubers sein. Ihr seht sicher meinen Geist. Das wurde schon früher berichtet. Ihr steht jetzt zwischen der Welt der Lebenden und der Welt der Geister."

Sein Tonfall wirkt beunruhigt. „Wie unaufmerksam von mir. Ich hätte zuvor besser die unruhigen Geister austreiben lassen sollen, die sich hier vielleicht aufhalten. Seid bitte vorsichtig."

Da wendet sich der Elf einem hellen Licht zu, das sich ihm von links nähert. Das muss ein Geist sein! Das helle Licht wird bald zu einer schemenhaften Gestalt. Durchsichtig und formlos wie die Nebelfetzen eines frühen Herbstmorgens nähert sie sich. Doch er spürt keine Angst.

Die Geistergestalt hat seltsam vertraute Züge. Alte, verloren geglaubte Gefühle berühren sanft seine Seele. Fast vergessene, liebe Erinnerungen kehren zurück. Als die Lichtgestalt vorübergleitet, hört er eine warme Stimme in seinem Geist. Es ist die des Sehers!

‚Ich sehe, du bist jetzt auf dem richtigen Weg. Nun kann ich gehen.‘ Der Elf glaubt, ein Lächeln zu erkennen. Die Gestalt sieht aus wie die eines jungen Elfen, und doch scheint sie unendlich müde.

Ein endlos wirkendes Leben, das doch nicht lang genug war, um seine Erfüllung zu sehen. Erst nach dem Ende seines langen Lebens kam die Gewissheit, dass all die Planungen und Anstrengungen bisher nicht vergeblich waren.

Und schon entfernt sich die Geistergestalt wieder und verschwindet schließlich im Nichts.

Während er ihr noch wehmütig nachsieht, fällt ihm ein Licht in seinem Rücken auf. Er wendet sich um und erkennt die Schemen eines Einhorns hinter sich! Er erstarrt. Es bewegt sich nicht. Es ist nur da und sieht ihn ruhig an.

„Wir müssen aufhören!", hört er Fayádos rufen. „Meine Kräfte sind nahezu aufgebraucht!" Ohne sich von der Lichtgestalt des Einhorns abzuwenden, lässt der Elf den Strom magischer Energie kontrolliert versiegen. Schnell kehren wieder die gewohnten Formen und Farben seiner Welt zurück. Er schaut nur noch auf ein volles Bücherregal.

Verwirrt wendet er sich zurück und stöhnt auf. Sein ganzer Körper schmerzt von den gewaltigen Energiemengen, die ihn bis gerade eben noch durchflossen. Ihm ist schwindlig. Schweiß steht ihm auf der Stirn. Er atmet schwer. Der Meister des Feuers sieht ihn euphorisch an. „Das ist euer Zauber, ehrwürdiger Ohldamár! Endlich!"

In den folgenden, letzten Tagen des *Sterbenden Mondes* erholen sich Fayádos und der Elf von ihrem Experiment. Meister Fayádos lässt sich jede Empfindung, die der junge Elf während des Zaubers hatte, und besonders die seltsam veränderte Sicht genau beschreiben. Jede kleinste Einzelheit dokumentiert er in einem alten ledergebundenen Buch mit der Aufschrift *Der Zauber des Ohldamár* in goldenen Lettern.

Bisher enthielt es nur sehr wenige Seiten mit praktischen Erfahrungen zur Wirkung des Zaubers. Nun konnte der Meister stolz ein ganzes Kapitel zu diesem Thema hinzufügen.

Nachdem der Magier das Buch behutsam zugeklappt hat, sieht er den Elfen in Gedanken verloren da sitzen. „Ehrwürdiger Ohldamár, gibt es noch mehr zu berichten?" Der Angesprochene reagiert erst gar nicht, dann sieht er auf und fragt: „Wie ist das mit den Geistern und der anderen Welt?" Fayádos steht langsam auf und blickt ihn prüfend an. „Ich hätte euch besser auf diese Erfahrung vorbereiten müssen."

Dann legt er den Kopf schief und geht im Raum auf und ab. „Nach dem Tod eines Wesens löst sich der Geist von seinem Körper und wird alsbald in die Welt der Geister gezogen. Alle Leidenschaften sind dann meist von ihm gewichen. Dort ruht er, bis er irgendwann in einem neuen Körper wiedergeboren wird. Das ist der normale Lauf der Dinge."

Er bleibt stehen, dreht sich um und hebt den Zeigefinger. „Doch manchmal, wenn ein Wesen zu früh stirbt oder aus anderen Gründen noch keine Ruhe gefunden hat, kann sein Geist zwischen der Welt der Lebenden und der Welt der Geister bleiben. Es bedarf wohl großer Willenskraft oder großer Weisheit, um sich dem Übergang länger zu widersetzen.

Die Kraft, die den Geist in die Geisterwelt zieht, ist umso größer, je mehr der ehemalige Körper des Wesens zerfällt und je weiter sich der Geist von ihm entfernt.

Deshalb erschaffen viele Kulturen ihren verstorbenen Helden oder Weisen kunstvolle Schreine, in denen sie die konservierten Gebeine sorgsam aufbewahren und verehren. So können die Geister bei ihnen bleiben und ihnen in Zeiten der Not Schutz und Rat gewähren." Fayádos lächelt. „Der Orden der vergessenen Künste hat seine ehrwürdigen Toten niemals zum Verweilen aufgefordert. Hier wird niemand daran gehindert, seinen Weg fortzusetzen."

Der Elf nickt. „Die Elfen von Silváhedon haben ihre Toten auch immer ziehen lassen. Niemand von uns würde sie je von ihrer Wiedergeburt abhalten wollen." Er wendet sich rasch um, denn gerade entwindet sich eine Träne seinen waldteichgrünen Augen.

Kapitel 8

Aufbruch

Schon heute Nacht endet der zweite Mond des Jahres mit der *Mondblüte*. Gérom und der junge Elf müssen sich von Quíebo verabschieden, denn morgen wollen sie zusammen mit Meister Fayádos in Richtung Mórak aufbrechen. Der Meister des Feuers will es sich nicht nehmen lassen, seinen ehrwürdigen Ordensgründer Ohldamár selbst zu eskortieren und gegebenenfalls persönlich vor weiteren Überfällen zu beschützen.

Der alte Großmeister hat seiner Bitte nach einigem Ringen schließlich entsprochen, denn in den letzten Tagen erreichten die Akademie einige Gerüchte über zerstörte Dörfer und überfallene Reisende.

Allerdings widersprechen die Berichte einander. Einmal ist von einem neuen Orkkönig die Rede, der die Gegend mit Krieg überzieht, einmal von einem jungen Anführer wilder Kreaturen, der an mehreren Orten zugleich sein kann. Einig sind sich die Gerüchte nur in dem Punkt, dass die Überfälle immer nachts geschehen. Heute Morgen waren im Osten einige Rauchsäulen am Horizont zu sehen. Noch weiß niemand, was dort geschah. Diesmal scheint es keine Zeugen zu geben.

Es werden zwei gute Reitpferde bereitgestellt, eines für Fayádos und eines für Gérom und den Elfen. Gérom hätte eigentlich gerne wieder den Weg durch den Wald genommen, da Zwerge nicht zu reiten pflegen, doch Fayádos hält den alten Weg nach Mórak auf Pferden für sicherer und auch viel kürzer. Der junge Elf kennt Pferde nur von den wenigen durchreisenden Elfen, die den Titanenwald durchqueren. Ein paar Tage lang konnte er sich so bei ihnen im Reiten üben. Falls die Kreaturen der *Langen Nacht* auch jetzt noch vor der Stadt auf ihn warten, ist es sicherlich klüger, auf die Schnelligkeit der Pferde zu setzen, als auf den Schutz des Waldes. Der konnte sie schon bei ihrer Anreise nicht vor dem Überfall schützen.

Die steinernen Mauern Thiríts sind sehr hoch und ihre Bewohner gezwungenermaßen wehrhaft, denn Orks, Trolle und andere aggressive Völker prüfen regelmäßig mit Überraschungsangriffen die Wachsamkeit der Menschenstadt. Die Verwandelten werden vielleicht darauf warten, dass er den Schutz Thiríts verlässt.

Am nächsten Morgen verabschiedet Quíebo seine beiden Freunde vor dem Tor der Akademie. Es ist kurz vor Sonnenaufgang. Der dritte Mond beginnt kühl und windstill.

Meister Fayádos fröstelt trotz seiner nun ergänzten Unterkleidung. Der Magier trägt an beiden Unterarmen kunstvollen, geflechtartigen Silberschmuck, der ihm von den Händen bis fast zu den Ellbogen reicht. Der Schmuck war nur kurz zu sehen, denn der Meister des Feuers hat seine blaue Robe eng um sich geschlungen.

Quíebo hat Tränen in den Augen. Herzlich umarmt er seine beiden Freunde und wünscht ihnen Glück auf der Heimreise. Sie wünschen ihm einen erfolgreichen Abschluss seiner Ausbildung hier. „Ich werde den König bitten, mich im nächsten Jahr zu schicken, um dich abzuholen, Quíebo", sagt Gérom tröstend. Dann sieht er unsicher an dem Pferd hinauf, auf dem er nun reisen soll.

Der junge Elf ist bereits aufgestiegen und reicht Gérom die Hand. „Müssen wir nicht noch eine neue Waffe für dich besorgen, Freund-der-Winde?", fragt Gérom, der jetzt für einen Aufschub der Abreise zu Pferd sehr dankbar wäre. „Ich habe alles, was ich brauche. König Útward wird uns unseren verlängerten Besuch in Thiríst eher verzeihen, wenn ich auf die neue Waffe verzichte", antwortet der Elf. Der Zwerg nickt, ergreift kurz entschlossen die Hand seines Freundes und sitzt trotz einiger Schwierigkeiten schon bald hinter dem jungen Elfen auf dem Pferd. Er hat Mühe, sich auf dem Pferd zurechtzufinden. „Halte dich einfach an mir fest", flüstert ihm der junge Elf schnell zu. Mit zum Gruß erhobenen Händen verabschieden sich die Freunde.

Nachdem das Stadttor passiert ist, treibt Fayádos sein Pferd zur Eile an. Der Elf folgt seinem Beispiel vorsichtig, während Gérom ruckartig seinen Griff verstärkt. Die Steinstraße unter ihnen fliegt im kraftvollen Rhythmus des Pferdegalopps dahin. Die Ebene vor der Stadt ist schnell überwunden.

Erst als der Weg in den Wald eintaucht, zügelt Fayádos sein Pferd elegant. Erleichtert lässt auch der Elf sein Pferd langsamer laufen. „Sehr gut, meine Freunde!", ruft der Meister des Feuers den beiden zu. „Ich sehe, wir können notfalls auch schneller reiten, wenn einmal Gefahr droht." Gérom schnaubt missmutig. Ihm gefiel dieses Experiment nicht. Der Elf blickt sich besorgt um. Doch es ist nichts Bedrohliches zu sehen.

Aber bei hellem Tageslicht wird es auch keinen Angriff der Kreaturen der *Langen Nacht* geben. In einem gemächlichen Tempo setzen sie die Reise fort.

Das rhythmische Klappern der Pferdehufe auf der Steinstraße und die ungewohnte Art des Reisens machen den Rückweg weniger angenehm und beschaulich als den Hinweg. Dafür wird die Kühle des Morgens bald von der frühsommerlichen Sonne vertrieben. Glücklich lächelt der Elf, als er im aufkommenden Wind seine schnellen Freunde bemerkt. Doch leider bleibt keine Zeit für ein Spiel mit ihnen. Auch Gérom hat anscheined etwas bemerkt, denn er zeigt bereits ein kleines Lächeln, als sein Elfenfreund ihm rasch mit feuchten Augen einen vielsagenden Blick über die Schulter zuwirft.

Meister Fayádos macht nur eine kurze Rast zur Mittagszeit, um die Pferde zu tränken. Ansonsten widmet er sich ganz seinem Schüler und Ordensgründer. Viel ist noch zu sagen und zu klären. Es gehe nun darum, die Bedeutung des Seelenzaubers für den Kampf gegen Adánada zu ergründen. Die Überfälle der jüngsten Vergangenheit könnten ein Hinweis auf dessen baldige Rückkehr sein, falls sie tatsächlich von den Verwandelten der *Langen Nacht* ausgeführt würden. Unglücklicherweise hätte man auch noch keine Nachricht von den Páladinen bekommen. Sie würden sicher Genaueres wissen, aber leider unterhielten sie keine Stützpunkte in der unmittelbaren Nähe und deshalb gestalte sich die Kontaktaufnahme langwierig. Man müsse auch die Visionen noch mehr ergründen und möglichst bald die *Steinernen Weisen* aufsuchen, um die offenen Fragen zu klären. Der junge Elf versucht, Fayádos in seinem Redeschwall zu folgen, doch das ist gar nicht einfach. Immer wieder schlägt dieser nämlich gedanklich neue Richtungen ein und macht auch immer wieder wilde Gedankensprünge.

Am frühen Abend ist der junge Elf schließlich zu müde, um noch angemessen antworten zu können. Gérom sieht sich seit einiger Zeit kritisch um. Da sich der Tag neigt, sollte doch zumindest einer der Reisenden aufmerksam sein. Ein kleiner Zwischenfall käme ihm jetzt eigentlich gerade recht. Doch alles ringsumher ist ruhig und auch die Tiere gehen ungestört ihrem Tagesablauf nach.

Die Sonne geht gerade unter, da reitet die Gruppe an einer kleinen Lichtung vorbei. Mit lauter Stimme schlägt Gérom sie als Schlafplatz vor.

Der Meister schreckt abrupt aus seinen Überlegungen auf, wirft einen Blick in die gezeigte Richtung und stimmt dann zu. Während die Pferde langsam vom Weg auf das Gras trotten, ist für ein paar Augenblicke Stille. Fayádos sucht stirnrunzelnd seinen verlorenen Gedankengang.

Die Gelegenheit ergreifend, klären Elf und Zwerg ausführlich die genauen Details des Nachtlagers. Schon bald sind die Pferde versorgt, lodert ein kleines Feuer und Fayádos setzt sein Philosophieren fort.

Er spricht gerade von der großen wunderbaren Verwandlung, die ein Magier im Laufe seines Lebens durchmachen würde. Zuerst flössen die Energien des Lebens noch ungelenkt und ungebündelt. Dann jedoch lerne er ihren Fluss weise zu lenken. Die relevanten Energien würden besonders gefördert und speziell die magischen Fähigkeiten stünden natürlich im Zentrum der Aufmerksamkeit. Schließlich wären Körper und Geist, der Kristalllinse gleich, ganz auf die exakte Manipulation der magischen Kräfte ausgerichtet. Er könne dann nach Belieben die Ströme der magischen Energien seiner Umgebung erkennen, lenken und nutzen, um sich völlig frei zu bewegen und alles um sich herum nach seinem Idealbild formen. Der Geist beherrscht die Materie und auch die Geister anderer Wesen. Seine Blicke verlieren sich entrückt im lodernden Feuer. Sein Schein spiegelt sich in Fayádos' ekstatisch geweiteten Augen wider.

„Zumindest sollte dies das Ziel eines jeden Magiers sein, der etwas auf sich hält", ergänzt der Meister lächelnd, als sein abkühlender Blick nach einer kurzen Weile zu seinen müden Zuhörern zurückkehrt.

Gérom öffnet überrascht die Augen, als er seinen Freund sprechen hört. „Die Elfen von Silváhedon kennen das auch." Seine Augen sind kritisch verengt. „Aber für sie ist es ein Zeichen dafür, dass man sich zu sehr mit den magischen Kräften beschäftigt hat. Sie scheuen sich davor, die verschiedenen Ströme des Lebens zu sehr aus dem Gleichgewicht zu bringen." Der Meister verzieht den Mund. „Aber so werden sie die magische Kunst doch nie zur höchsten Blüte bringen." Der junge Elf lächelt. „Ist das denn so wichtig? Was ist eine einzelne Blüte wert, so schön sie auch sei, die ringsumher nur Wüste hat? Und wenn es nötig ist, etwas Großes zu tun, dann finden sich stets genug Brüder und Schwestern zusammen, um es gemeinsam zu vollbringen."

Der Magier sucht verblüfft im Feuer nach einer Antwort. Gérom grinst in sich hinein. Der Elf ergreift seinen Stab aus Geisterbaumholz, der neben ihm liegt. Ein paar kleine Grashüpfer springen aufgeschreckt davon. Wieder einmal bewundert er die ebenmäßige Form. Das Holz wirkt so wie frisch geschlagen und poliert, obwohl es schon sehr alt sein muss. Und die Kraft, die er darin spürt, ist gewaltig!

„Was weiß die Akademie über die Geisterbäume?" Fayádos sieht auf. Zurück in seiner Rolle als Lehrer antwortet er: „Die Geisterbäume sind unserer Meinung nach Abkömmlinge einer uralten Baumart, die durch ihre einzigartige Empfänglichkeit für Magie viele Zeitalter überlebt hat. Sie sollen den heutigen Bäumen an Vitalität überlegen sein und dem Betrachter die Sinne verwirren. Die starke magische Struktur dieser mysteriösen Baumart macht sie zu Anziehungspunkten geisterhafter Wesen und abhängig von den magischen Strömen ihres Standortes. Ihr Holz ist besonders gut geeignet, um magische Kräfte aufzunehmen. Die der Erde vor allem, aber auch die des Wassers. Es soll sehr schwierig sein, es zu bearbeiten. Geisterbäume sind sehr selten."

Der Elf fährt mit der Hand den gewundenen Stab entlang. „Die Elfen glauben, dass ihre Vorfahren eine der ältesten Baumarten verwandelten, um vollkommenen Frieden zu finden. Das Wesen, das als Geisterbaum wiedergeboren wird, lebt sein ganzes Leben in vollkommener Harmonie mit den Elementen, ohne Angst, ohne Not und ohne ein natürliches Ende. Einfach in der endlosen Ruhe des Waldes aufzugehen. Das war ihr Ziel." Wehmütig sieht er auf die Spitze des Stabes. „Die alten Elfen sollen auf dem Höhepunkt ihrer Kräfte ihren Geist aufgegeben haben, um in dem Geisterbaum wiedergeboren zu werden, den sie als Samen vorbereitet haben." Er betrachtet den Stab von oben nach unten. „Ich kann mir nicht recht vorstellen, dass man diesen Stab bearbeitet hat. Er sieht wie gewachsen aus." „Ohldamár war ein großer Verwandler. Er hat das magische Holz sicher mit Magie in diese Form gebracht", erklärt Fayádos überzeugt. Der Elf sieht ihn an. „Hat Ohldamár etwas zu dem Zweck dieses Stabes gesagt?" „Nur soviel, dass er als Kraftquelle für euren Seelenzauber in seiner Vollendung dienen soll."

Plötzlich springt Fayádos auf und sieht dem Elfen direkt in die Augen. „Wollt ihr es nicht versuchen? Gleich jetzt!" Der junge Elf blickt den Magier unsicher an. Er sieht das Feuer in seinen Augen. „In eurem Stab fließt mehr Kraft für Erde und Wasser als nötig für den Zauber. Die Kraft der anderen Elemente besitzen ihr selbst und euer Stirnring."

Gérom runzelt die Stirn. Dieser Feuermagier hat oft einen Blick, der einem die Seele aus dem Leib ängstigen könnte.

„Lasst uns den Wirkungsradius stark eingrenzen. Der Zauber soll nur eure Hand verwandeln. Nehmt diesen Stein in die Hand, ehrwürdiger Ohldamár, und lasst ihn einfach fallen, ohne die Hand zu öffnen."

Fayádos reicht dem Elfen einen fast faustgroßen Stein. Dieser nimmt ihn zögernd in die linke Hand und umschließt ihn ganz. In der rechten Hand hält er noch immer den Stab. Die linke Faust fest um den Stein geschlossen, streckt er den Arm nach vorne aus und schließt die Augen. Gespannt beobachten ihn Gérom und der Magier.

Sein ganzer Körper ist angespannt. Der Zauber nutzt alle magischen Elemente, und diese müssen jetzt von einem starken Geist kontrolliert werden. Aus Stab und Stirnring lässt der Elf magische Energien in seinen Körper fließen. Sie mischen sich mit der Kraft seines Geistes. Er spürt, wie sie mit seinem Blut durch die Adern pulsieren. Mit jedem Atemzug werden sie stärker. Er sammelt sie zu einem gewaltigen Strom. Kaum kann er ihn in den richtigen Bahnen halten. Ein Zittern erfasst seinen Leib. Auf seiner Stirn sammeln sich Schweißtropfen.

„Ja, so ist es richtig. Behaltet nur die Kontrolle!", hört er Meister Fayádos raunen. Gérom sieht, wie der Magier mit starrem Blick den Energiefluss in seinem Freund zu beobachten scheint.

Dann ist es so weit. Der Elf öffnet ruckartig die Augen und wirft einen konzentrierten Blick auf seine linke Hand. Für Gérom unsichtbar schießt der Strom der Elemente durch seinen linken Arm in die Hand. Sie wird kurz durchsichtig. Der Elf keucht heftig. Der Strom verliert seine klare Ordnung. Es ist viel schwieriger als erwartet, den Zauber ohne Fayádos' Hilfe zu wirken. „Nicht nachlassen! Gebt mehr Kraft!", tönt es in seinen Ohren. Er atmet schwer und unregelmäßig. Er gibt mehr Kraft und ein neuer Fluss magischer Energie füllt den vorherigen auf und bündelt ihn wieder. Schmerzhaft brennt er sich jetzt seinen Weg in die linke Hand und lässt sie aufleuchten. Sie ist jetzt fast unsichtbar. Mit einem dumpfen Geräusch fällt der Stein durch die ihn haltende Hand hindurch auf den Waldboden.

„Phantastisch!", ruft Fayádos entzückt aus. Die Hand nimmt rasch wieder ihr gewohntes Aussehen an. Der junge Elf wird von einem Schwindel erfasst und neigt sich zur Seite.

Gérom ergreift schnell seine Schulter und stützt ihn. Schweißgebadet versucht der junge Elf jetzt wieder zu Atem zu kommen. Sein Haupt und sein Blick schwanken unsicher. „Ich wusste, ihr könnt es! Ihr könnt es schon alleine!", freut sich der Meister des Feuers.

Die Sonne ist bereits untergegangen und es wird ruhiger. Die ersten Sterne werden sichtbar, und die Grillen beginnen mit ihrer vertrauten Musik. Der milde Frühlingswind streift sanft durch die Bäume. „So, für heute wurde genug gezaubert!", bestimmt Gérom scharf. „Es wird Zeit, schlafen zu gehen." Sein Freund hat sich mittlerweile von seinem Zauber erholt. Der Magier schreitet begeistert gestikulierend auf und ab. „Ja, geht ihr ruhig schlafen. Ich treffe noch ein paar Vorsichtsmaßnahmen, damit wir nicht im Schlaf überrascht werden", erwidert er lächelnd.

Er geht in Richtung Lichtungsgrenze und dann an ihr entlang. An einigen Stellen bleibt er kurz stehen, gestikuliert kurz und setzt dann seinen Weg fort. Die Freunde sehen ihm noch eine Weile nach, dann legen sie sich zum Schlafen hin.

Der nächste Morgen trifft die ungewöhnliche Gruppe unversehrt an. Meister Fayádos hat nicht viel Schlaf bekommen, ist aber dennoch guter Laune. Nach einem bescheidenen Frühstück setzen sie ihren Weg auf der Straße nach Mórak fort.

Die nächsten Tage vergehen gemächlich und weiter ohne Anzeichen für Gefahren. Schon naht der vorletzte Reisetag. Die Gruppe hat den Rückweg dank der schnellen Pferde und der gepflasterten Straße bisher deutlich rascher zurückgelegt, als sie zuvor erwartet hatten. Morgen Vormittag schon werden sie Mórak erreichen und König Útward Bericht erstatten. Ein warmer Frühlingstag endet bald, und die Reiter haben ihren Pferden bereits am frühen Abend das Zaumzeug und die Sättel abgenommen. Jetzt sitzen alle drei um ein kleines Lagerfeuer herum und beraten das weitere Vorgehen, während die Abendsonne im purpurnen Horizont versinkt. Fayádos drängt wieder darauf, dass der Elf so schnell wie irgendwie möglich die *Steinernen Weisen* aufsuchen solle, um seine wahre Identität wiederzuerlangen. Gérom wendet ein, dass sein Freund noch immer im Dienste des Königs stehe und deswegen erst einmal dessen Wunsch zu beachten wäre.

„Ein Zwergenkönig von seiner Weisheit wird zweifellos einsehen, dass der wiedergeborene Ohldamár bald seiner Bestimmung zugeführt werden muss!", entgegnet der Feuermagier erregt. „Trotzdem ist es nicht an uns, seinen weiteren Weg zu bestimmen, sondern allein die Sache von König Útward!", erwidert der Zwerg entschieden.

„Streitet euch doch nicht", beruhigt der Elf. „Ich werde König Útward bitten, mich nun aus seinem Dienst zu entlassen und sicher wird er mir meinen Wunsch nicht abschlagen." Der Meister des Feuers gibt sich damit zufrieden. „Das ist weise gesprochen, ehrwürdiger Ohldamár. Man darf auch die Kunst der Diplomatie nicht vernachlässigen."

Gérom sieht seinen Freund anerkennend an. Er war sich sicher, dass er König Útward nicht enttäuschen würde.

Meister Fayádos setzt unterdessen das Gespräch fort, indem er dem Elfen den ungefähren Standort der *Steinernen Weisen* direkt nördlich des Kristallsees beschreibt. Als er gerade seinen Bericht beendet hat, fällt ihm auf, dass der Elf ihm gar nicht mehr zuzuhören scheint. Dieser blickt irritiert in den dunkler werdenden Himmel. Wolken ziehen auf. Gérom folgt seinem Blick zwar, doch er entdeckt nichts. „Siehst du etwas?" Der Magier wirft beleidigt einen schnellen, kritischen Blick in den Himmel, aber auch er erkennt nichts Verdächtiges. „Ehrwürdiger Ohldamár?"

„Bemerkt ihr das nicht? Der ganze Himmel ist in Aufruhr! Die Vögel fliegen aufgeregt in Richtung Norden." Er legt hastig seine Hand auf den Waldboden. „Der Wald ist auf den Beinen! Ich glaube, sie kommen!"

Zuerst wissen Zwerg und Magier nicht, was er meint, doch dann ist alles klar. „Schnell! Sattelt die Pferde!", ruft der Elf und springt schon auf, um sein Pferd zu halten. Das ist nicht einfach, denn die Pferde sind sehr unruhig. Gérom trägt den Sattel heran und gemeinsam gelingt es ihnen, ihr Pferd aufzuzäumen. Fayádos macht keine Anstalten, sein Pferd zu satteln, und so galoppiert es schließlich in Panik davon. „Flieht, ehrwürdiger Ohldamár! Flieht nach Mórak! Ich werde sie aufhalten!"

Stumm deutet der Meister des Feuers in Richtung Norden, die Straße entlang. Seine Augen sind starr vor Konzentration. Schlagartig haben sie sich von einem stumpfen Braun in ein grelles Rot gefärbt. Seine zuvor blaue Robe wechselt ebenfalls die Farbe und leuchtet nun feuerrot. Die Freunde sind aufgestiegen und schon prescht das Pferd los.

„Viel Glück!", schreit der Elf dem Magier zu, da verschwindet dieser auch schon aus seinem Blickfeld und er sieht wieder nach vorne. Gérom klammert sich eisern an ihm fest.

Der Elf braucht das Pferd gar nicht anzutreiben, es galoppiert schneller als je zuvor. Der steingepflasterte Weg fliegt unter ihnen hinweg. Das Pferd tritt nicht immer sicher auf und den Reitern wird mulmig zumute.

Da erschallt plötzlich eine gewaltige, unnatürlich laute Stimme hinter ihnen: „Oh Mächte des Feuers, hört mich an! Mórwan vom Feuersee, leihe mir deine Kraft, denn ich stehe mit dir im Bunde! Gliff, Herr der Schwefelhöhlen, leihe mir deine Kraft, denn ich kenne deinen *Wahren Namen*!" Es ist die Stimme von Fayádos. Er scheint mächtige Wesen zu beschwören. Als die Freunde schnell einen Blick zurückwerfen, können sie den Magier wieder sehen! Er schwebt oberhalb der Baumspitzen!

Der Silberschmuck an seinen beiden Handgelenken leuchtet, seine Augen brennen in züngelnden Flammen. Am südwestlichen Himmel sind einige fliegende Verwandelte zu sehen, die sich schnell nähern.

Ein riesiger, vielfach gegliederter Wurm schlängelt sich scheinbar unkontrolliert durch die Wolken. Jedes seiner unterschiedlichen Glieder ist mit einem anders geformten Flügelpaar ausgestattet.

Ein paar sehen wie übergroße Libellenflügel aus, andere Paare sind gefiedert oder geschuppt. Eine andere Kreatur ähnelt einer unförmigen Federkugel, die sich wie eine Hummel fortbewegt. Andere Verwandelte erinnern grob an die Vogelkreatur der *Langen Nacht* oder an riesige, ungestalte Fledermäuse.

Im Wald nähert sich ungesehen etwas Gewaltiges. Vielfach bricht krachend Holz und panisch fliegen Vögel auf. Andere Tiere fliehen am Boden in wilder Hast.

Der brennende Blick von Fayádos richtet sich auf die von Südwesten kommenden fliegenden Verwandelten. Der Himmel hinter ihnen ist pechschwarz. Es zieht ein Gewitter auf. Sie sind fast bei ihm, als er die Arme elegant ausbreitet und aus dem Nichts ein lodernder Feuerball vor ihm entsteht und wächst. Er ist beinahe so groß wie der Feuermagier selbst. Die Verwandelten scheinen langsamer zu werden. Fayádos führt die Arme wieder nach vorne und der Feuerball schießt auf die Angreifer zu. Die Kreaturen stürzen auseinander, doch da explodiert der Feuerball schon brüllend in ihrer Mitte, als der Meister des Feuers seine Arme schlagartig ausbreitet. Die Verwandelten werden auseinandergetrieben. Viele von ihnen stürzen schrill fauchend mit zerfetzten und verbrannten Flügeln ab. Rauchfahnen durchziehen den Himmel.

Der riesige Wurm, die Federkugel und drei kleinere Kreaturen haben die Feuerexplosion teilweise versengt überstanden. Schnell sammeln sie sich wieder und stürzen auf den Meister des Feuers zu. Mit unerschütterlich festem Blick deutet der Magier mit seiner rechten Hand auf den Wurm, der ihn schon beinahe erreicht hat. Da trifft ihn eine Feuerlohe, die sich Fayádos' Handfläche entwindet. Brennend zischt der Wurm unter ihm hinweg.

Die Federkugel und eine Riesenfledermaus, die direkt hinter dem Wurm flogen, prallen mit voller Wucht gegen den Feuermagier und reißen ihn ein Stück weit mit sich. Die beiden Reiter hören einen kurzen Schmerzensschrei. Von der Gewalt des Aufpralls betäubt, taumelt die Riesenfledermaus zurück, bevor sie sich wieder fangen kann. Die flinke Federkugel hat sich anscheinend an Fayádos' rechten Arm festgekrallt. Beide trudeln unkontrolliert herum, ohne sich voneinander lösen zu können.

Da bemerkt der Elf einen kleinen hellen Lichtschein zwischen den beiden. Eine Kugel aus reinem, gleißendem Licht formt sich in Fayádos' linker Hand. Eine schnelle Bewegung, ein greller Blitz und mit einem schrillen Kreischen löst sich die Federkugel in Asche auf.

Während sich die Asche im stürmischen Wind verliert, stürzt sich schon die Riesenfledermaus auf den Magier. Doch dieser weicht rasch mit einem steilen Anstieg aus. Schnell wendet sich die Kreatur herum, doch der Meister des Feuers ist schneller und verbrennt sie mit einer weiteren Feuerlohe.

Die beiden anderen fliegenden Verwandelten tauchen jetzt ab und verschwinden im Blätterdach des Waldes. Der Feuermagier sinkt, seinen blutigen Arm haltend, zwischen hohen Baumwipfeln nieder und ist nicht mehr zu sehen. Er wirkte angeschlagen.

Die Freunde reiten weiter. Der Lärm wird lauter und das krachende Geräusch von berstendem Holz ist direkt hinter ihnen. Ein übler Geruch von Schwefel und verbranntem Fleisch breitet sich aus. Einige Bäume brennen schon. Dunkle Rauchschwaden verhindern jede Sicht auf den Meister.

Da bricht eine große brennende Gestalt aus der Rauchwand auf die Straße hinter den Freunden. Sie stoßen einen Schreckensschrei aus, als sie erkennen, was es ist.

Ein riesiger, rotbrauner Bulle mit flammendem Atem prescht auf sie zu. Eine kleine Gestalt sitzt auf seinem hörnerbewehrten Rücken. Vielleicht einer der Jungen mit dem halben Fleck auf der Stirn, schießt es dem Elfen durch den Kopf, als er sich wieder nach vorn wendet, um das Pferd verzweifelt anzutreiben.

Plötzlich übertönt ein lauter Wutschrei das Getöse, und eine gewaltige Feuerlohe bricht aus dem Zentrum der Rauchwolke und trifft auf den Bullen und seinen Reiter. Der entsetzte Schrei eines Kindes folgt. Der rote Bulle schwankt erst unsicher in seinem Lauf, dann bricht er seitlich in den Wald ein. Ihm selbst scheint das Feuer nichts anzuhaben, aber sein Reiter hat es vielleicht nicht überlebt. Die Lohe bricht ab. Von dem Bullen ist nichts mehr zu sehen. Die Geräusche entfernen sich. Die Rauchwolke wird größer. Zahlreiche Bäume brennen.

Am Himmel zucken Blitze. Atemlos reiten die beiden Freunde weiter. Niemand scheint sie noch zu verfolgen. Baumhohe Flammen schlagen hin und wieder aus den pechschwarzen Rauchschwaden heraus. Da hören sie wieder einen lauten Wutschrei und aus dem Rauch dringen grelle Feuerlohen, die sich zu einem rasenden Feuersturm vereinigen. Unzählige schrille Schreie dringen zu den Freunden herüber.

Teilweise haben die Flammen ein eigenes Leben. Kleine Feuerwesen mischen sich in das Inferno und fachen es immer wieder neu an. Sie tanzen die brennenden Zweige und Äste entlang und winden sich mit den lodernden Flammen um die bald verkohlten Baumstämme herum und an ihnen empor.

Dann ebben die Schreie und das Gekreische ab und nur noch das prasselnde Feuer des wütenden Waldbrandes ist hinter ihnen zu hören. Der dichte Rauch erlaubt noch immer keinen Blick auf die Schlacht. Es donnert. Sie galoppieren weiter. Mórak ist schon zu sehen. Es beginnt zu regnen. Der vertraute Weg führt jetzt leicht bergauf zur Festung hin, als der Elf das Pferd zügelt. Die erschöpften Freunde steigen ab und führen das zitternde Pferd das letzte Stück Weg zum Tor.

„Meinst du, er hat das überlebt?", fragt der Elf unsicher. „Wer könnte so etwas überleben, wenn nicht er? Er war in seinem Element, würde ich sagen", erwidert Gérom. Aber so wirklich überzeugt klang das nicht. Sie erreichen das Tor und werden von den Wachen, die den Waldbrand von den Zinnen aus beobachten, erkannt und hereingelassen.

Kapitel 9

Der alte Wachturm

Eine Wache von vier bewaffneten Zwergen empfängt die Freunde. Die sehen ungewöhnlich grimmig aus – selbst für Zwerge. Einer von ihnen redet ziemlich barsch mit Gérom in der Sprache der Zwerge. Gérom wirkt irritiert. „Er sagt, der König empfängt zurzeit niemanden", erklärt er dem Elfen. „Wir sollen in unsere Zimmer gehen, denn morgen früh müssen wir wieder los. Die Wachen werden uns begleiten." Der Elf sieht Gérom unsicher an, als die Wachen schon losmarschieren.

Als sie an eine Stelle kommen, wo der Gang abzweigt, deuten zwei der Wachen in die Richtung, in der Gérom seinen Raum hat. Die anderen beiden nehmen den jungen Elfen in die Mitte und deuten in die andere Richtung. „Geh' mit ihnen, Freund-der-Winde. Wir werden das morgen früh klären", ruft Gérom seinem Freund noch zu, bevor sie sich aus den Augen verlieren. Der Elf gehorcht stumm und lässt sich von den Wachen in den Raum führen, den er schon vor gut zwei Monden bewohnte.

Diesen Empfang hatte er nicht erwartet. Eine große Anspannung liegt in der Luft. Die Zwerge sind nicht wiederzuerkennen. Müde stellt er den Stab neben seine Ausrüstung in eine Ecke. Was ist passiert, während sie fort waren? Langsam zieht er sich aus und legt sich ins Bett. Wenn es wirklich schon morgen früh wieder losgeht, hat er nur wenig Schlaf zu erwarten. Hoffentlich kann Gérom morgen früh alles aufklären.

Es ist noch Nacht, als der Elf von zwei Wachen geweckt wird. Er muss er sich anziehen und ihnen folgen. Sie führen ihn in die Wachstube, die nur von einem Feuer im Zentrum erhellt wird. Mehrere Wachen sitzen um eine Kochstelle herum und essen etwas aus Schalen. Keiner sagt ein Wort. Der Elf wird zu dem Hauptmann der Wache gebracht, der ihm eine Schale und einen Holzlöffel reicht. Ihm wird bedeutet, er solle sich setzen und essen. Der Elf gehorcht. Der Brei in der Schale schmeckt nach nichts, macht aber zumindest schnell satt. „So, Herr Elf", beginnt der Hauptmann. Er ist offenbar wenig geübt in der *Alten Sprache*. „König Útward sagt, du erkundest alten Turm am See. Soll Wachturm werden. Wie früher." „Ich allein? Wo ist Gérom?", fragt der Elf erstaunt. „Gérom andere Befehle!", schnauzt der Hauptmann. Der junge Elf erschrickt.

„Geh' jetzt!" Gehorsam stellt er die Holzschale mit dem Löffel zurück und verlässt die Wachstube. Der Hauptmann war zwar wütend, aber sein Gefühl sagt ihm, dass es nicht um ihn selbst geht. Er glaubt, der Hauptmann ist unglücklich wegen etwas anderem. Der Elf geht langsam durch den nur schwach mit Fackeln beleuchteten Gang zum Tor. Kaum ein Zwerg ist zu sehen. Es ist stockfinster draußen.

„Bleib' im Sonnenschein!", erschallt es plötzlich von einem Wehrgang herab. Es ist die Stimme von Hónok, dem alten Zwerg. Gleich darauf ertönt ein Geräusch, das wie ein unterdrückter Schmerzensschrei klingt.

„Geh'!", hört der junge Elf eine Wache rufen. Ein kalter Schauer läuft ihm über den Rücken. Er durchquert das Tor. Ohne sich noch einmal umzudrehen, geht er den gepflasterten Weg entlang in Richtung See.

Der Turm ist nicht weit weg. Er würde ihn noch vor Sonnenaufgang erreichen. Er fühlt sich wie ein Hase, der in einen Fuchsbau geschickt wird. Was erwartet ihn dort? Es stinkt nach verbranntem Holz.

Nach kurzer Zeit tauchen am Rand des Weges, den er und Gérom erst diese Nacht zu Pferd genommen haben, die Umrisse des alten Turmes auf. Hónoks Rat ist unbestreitbar gut. Warum sollte er nicht auf den Sonnenschein warten? Kurz entschlossen verlässt er den Weg und dringt ins Unterholz ein. Obwohl es recht dicht ist, kommt er gut und fast lautlos voran. Außerhalb der Sichtweite des Weges legt er sich auf ein trockenes Moospolster und schläft bald ein.

Es ist bereits Mittag, als er wieder erwacht. Es ist wolkenlos und warm. Jetzt sollte es nicht allzu schwer sein, im Sonnenschein zu bleiben. Er schleicht zurück durch das Unterholz auf den Weg. Niemand ist zu sehen. Er wandert die Straße zum See hinunter. Der Turm ist sichtlich alt und baufällig. Einige seiner Steine sind aus der kreisrunden Turmwand gefallen und liegen verstreut im Gras ringsumher. Die schmalen Fenster sind zugemauert. Es müsste jetzt im Inneren vollkommen dunkel sein, denn auch wenn einige Steine in der Wand fehlen, so scheint es doch kein Loch zu geben, durch das Licht hereinfallen könnte. Der junge Elf umrundet den Turm prüfend in einiger Entfernung.

Die Steine sind alle stark verwittert und mit Flechten und Moosen bedeckt. Zum See hin gibt es ein schweres, eisenbeschlagenes Holztor mit einem eisernen Ring in der Mitte. Aus dem Inneren dringt kein Geräusch.

„Was machst du da?" Der Elf fährt erstaunt herum. Es war eine sanfte, weibliche Stimme – direkt hinter ihm. Sie sprach in der Sprache der Elfen, wenn auch etwas fremdartig. Aber es ist niemand zu sehen. „Du willst doch nicht etwa in den dunklen Turm, oder?"

Sie ist direkt vor ihm. „Wer bist du?", fragt der Elf. „Na, willst du nicht erst einmal sagen, wer du bist?", fragt die Stimme kokett. „Ich bin der Freund-der-Winde aus dem fernen Silváhedon."

„Oho! Ein junger Elf aus der Waldstadt, nach so vielen Wintern!" Eine durchscheinende Gestalt wird vor ihm sichtbar. Es ist eine sehr schlanke und zierliche Frau. Sie schwebt unbewegt in der Luft und trägt ein knielanges, wallendes Gewand aus einem scheinbar gewichtslosen und durchscheinend weißen Stoff. Schulterlange, silbrige Haare umschließen ein sehr feines Gesicht. Sie ist eine Fee.

„Ich bin Alýra. Und du solltest nicht in diesen Turm gehen." „Was erwartet mich denn dort?", fragt der Elf. „Der Tod! Der Tod erwartet dich dort!", ruft sie dramatisch aus. Sie dreht sich einmal mit erhobenen Armen herum und lässt dabei ihr zartes Gewand auffliegen und um sich herumwallen. „Du bist nett, ich will nicht, dass du stirbst", ergänzt sie traurig. „Bleib' lieber in der Sonne!" „Der Tod in diesem Turm fürchtet also das Sonnenlicht", stellt der junge Elf provozierend fest. Die Fee blickt ertappt. „Ja, das könnte sein. Aber du kannst es ja nicht mit in den Turm nehmen, oder doch?" Der Elf lächelt sie an. Sie lächelt zögerlich zurück. Sie ist wunderschön!

„Was hast du vor?", fragt sie drängend. Sie wirkt pikiert, weil er so lange schweigt. Er lächelt sie nur weiter an. „Sag' schon!"

„Wenn du mir hilfst, bringen wir das Sonnenlicht in den Turm. Dann kann ich in den Turm gehen und sterbe nicht." „Aber warum willst du denn überhaupt in den alten Turm?", fragt die Fee aufgeregt. „Ich soll ihn für die Zwerge erkunden." „Ach, die Zwerge! Die haben den Turm doch selbst gebaut und jetzt sollst du ihn für sie erkunden?" „So will es der König, hieß es." „Also wenn du mich fragst, dann will der König, dass du stirbst und hat dich deswegen in den Turm geschickt."

„Das glaube ich nicht. Aber seltsam ist dieser Befehl schon." „Dann befolge ihn doch nicht!", sagt Alýra trotzig. „Ich kann nicht zurück nach Mórak, ohne zumindest einen Blick in den Turm geworfen zu haben." „Du bist ja verrückt!", schnaubt die Fee und dreht sich um.

„Hilfst du mir bitte trotzdem, Alýra?", fragt der junge Elf und zieht die Augenbrauen gespielt traurig hoch. Sie wendet langsam den Kopf und sieht ihn prüfend an. „Was soll ich denn machen?" „Du sollst mir nur das Licht der Sonne durch das Holztor schicken. Das weist nämlich nach Nordosten und da scheint die Sonne nie richtig hin."

„Hm, na gut. Aber gib' mir nicht die Schuld, wenn die *Dunklen Krieger* dich töten!" „Was ist denn ein *Dunkler Krieger*?", fragt er erstaunt.
Sie wendet sich wieder ihm zu. „Du bist wohl noch sehr jung und weißt nicht viel, was?", fragt sie spöttisch.

„Wenn der Mond blüht, dann verändert er manchmal die Wesen, die dumm genug sind, das zuzulassen und macht sie so zu seinen Dienern. Vor langer Zeit hat er einmal aus Menschen *Dunkle Krieger* gemacht. Sie sind sehr stark und nur am Tag mit dem Licht der Sonne zu besiegen. Einige von denen wohnen jetzt in diesem Turm. So, jetzt weißt du's!"

Also wieder Kreaturen des Chaos wie die, die ihn erst gestern verfolgt haben – oder vielleicht noch immer verfolgen. Alles zieht sich in ihm zusammen. Kann er es wagen, alleine in den Turm zu gehen? Jetzt, am Tage, hat er vielleicht eine Chance. Wenn sie ihn nachts mit den anderen verfolgen, ist er ihnen hilflos ausgeliefert, falls er nicht mehr nach Mórak zurückkann. „Wenn ich nicht zu ihnen gehe, kommen sie diese Nacht vielleicht zu mir", murmelt er niedergeschlagen. Er sieht sie traurig an.

„Ich habe keine Wahl." Mitleidig bewegt sie die Hände in Richtung seines Gesichts, doch kurz bevor sie ihn berührt, zieht sie sich schnell wieder zurück und schwebt ein Stück in die Höhe.

Eine kurze Weile schweigt sie. Schließlich ruft sie ihm traurig zu: „Also bitte. Ich bringe dir das Licht ins Tor. Was du dann daraus machst, ist deine Sache."

Er nickt stumm, während er zusieht, wie sie bis auf die Höhe der Zinnen des Turmes fliegt, um dort im hellen Licht der Mittagssonne zu erstrahlen. Sie öffnet die Arme und nickt ihm zu. Langsam geht er auf das große rechteckige Tor zu. Noch rührt sich nichts.

Das Tor muss deutlich jünger sein als der restliche Turm. Das Holz ist frisch, massiv und ohne Ritzen. Er legt die Hand auf das Tor und drückt. Es bewegt sich nicht. Der junge Elf nimmt den Eisenring und zieht daran, doch nichts geschieht. Er lässt den Ring los und mit einem leisen Klacken berührt er leicht das Tor. Wie kann man dieses Tor öffnen?

Da öffnet es sich plötzlich von selbst und schwenkt ganz langsam und lautlos nach oben. Der Elf erschrickt furchtbar. Ein muffiger Geruch strömt aus dem dunklen Inneren, als sei das Tor seit vielen Wintern nicht mehr offen gewesen. Der junge Elf muss sich kurz abwenden und ein Husten unterdrücken.

Der einfallende Lichtschein erhellt nur einen staubigen Steinfußboden zwergischer Machart. Die andere Wand ist nicht zu erkennen. Er betritt die Schwelle.

Er bleibt stehen und sieht in den dunklen Raum. „Was kannst du uns anbieten?", fragt eine kalte, raue Stimme. Sie kommt von direkt vor ihm.

Der Elf erschaudert. Er greift den *Stab des Ohldamár* fester und bleibt stehen. „Was sollen wir für dich tun und was gibst du uns dafür?", dröhnt wieder die Stimme, diesmal sehr viel schärfer.

Er hört ein kehliges Geräusch über sich. Aufgeschreckt duckt er sich und blickt nach oben. Im Halbdunkel erkennt er eine groteske Gestalt, die über ihm hängt. Doch noch bevor er schreien kann, langt ein grober Arm herab und trifft ihn so hart am Kopf, dass er ein Stück weit nach vorne fällt. Noch im Fall hört er das Rattern einer Kette, der Lichtschein von draußen wird schnell schwächer und mit einem lauten Knall fällt das schwere Holztor zu.

Panik ergreift den Elfen. Es ist stockfinster und von vor und hinter ihm hört er langsame, kratzende Schritte, die auf ihn zukommen.

„Der will uns gar kein Angebot machen", hört er die eine Stimme verächtlich sagen. Er bricht in Schweiß aus. Er muss das Tor öffnen! Sein Atem geht heftig. Er kriecht in die Hocke und nimmt den Stab.

„Er will gegen uns kämpfen!", tönt es amüsiert. Und es folgt ein höhnisches Gelächter von vor und hinter ihm. Er atmet zitternd ein und stößt dann blitzartig mit dem Stab hinter sich. Er spürt eine Bewegung in der schlechten Luft. Die Gestalt ist seinem Stoß ausgewichen. Doch sie wollte er gar nicht treffen. Sein Stab schlägt hart am Holztor an.

Mit geschlossenen Augen konzentriert er sich auf die Erdkräfte des Stabes und lässt so viel wie möglich davon in das Holz des Tors fließen.

Öffne dich! Ein dröhnender Wutschrei betäubt seine Ohren. Öffne dich! Das Holz des Tors vibriert heftig und bewegt sich dann wie Wellen auf einem See. Das Holz löst sich von dem Eisen der Beschläge und schafft so erst Ritzen, dann ganze freie Flächen.

Gleißende Sonnenstrahlen brechen durch die Löcher im Holztor. Durch sie hindurch sieht der junge Elf Alýra, wie sie wie eine zweite Sonne strahlend am Himmel steht. Die Gestalten weichen kreischend zurück. Der Elf ist jetzt ganz in Tageslicht getaucht.

Er konzentriert sich wieder. Das Licht muss jetzt schnell weitergeleitet werden. Er zieht magisches Feuer aus seinem Stirnring. Er lässt den Stab fallen und streckt beide Hände in Richtung der Gestalt aus, die jetzt links vom Tor steht. Ein Teil des Lichtscheins, der ihn umgibt, wird auf sie umgeleitet. Die Gestalt windet sich kreischend auf dem Boden. Im grellen Licht scheint sie ihre Form zu verlieren. Sie ist erst jetzt richtig zu erkennen. Sie ist grob menschlich, hat jedoch hornartige Auswüchse, die an einen Drachen erinnern.

Ein wütender Ruf erinnert den Elfen an die zweite Gestalt, die jetzt in seinem Rücken ist. „Krévlokk!" Er wendet sich ein Stück um und deutet mit einer Hand auf die dunkle Gestalt, als sie gerade eine Wendeltreppe erreicht, die nach oben führt. Sie wird von einem zweiten Lichtstrahl erfasst. Auch diese Gestalt bricht augenblicklich zusammen und versinkt in Agonie. Das schreckliche Gekreische und der bestialische Gestank, den die verendenden Kreaturen ausstoßen, bringen den jungen Elfen an den Rand einer Ohnmacht. Er schreit. Endlich rühren sich die beiden mittlerweile vollständig formlosen Körper nicht mehr.

Erschöpft beendet er seinen Feuerzauber. Vor Anstrengung heftig keuchend, schafft er es kaum aufzustehen. Er stolpert durch das skurril verformte Tor ins Freie und gibt Alýra ein Zeichen. Sichtbar glücklich und erleichtert schwebt sie auf ihn zu. „Ich dachte schon, du wärst verloren, als das Tor zuschlug!", ruft sie ihm entgegen. „Aber in dir steckt anscheinend mehr, als man vermuten würde."

Wieder hätte sie ihn beinahe berührt, doch im letzten Moment weicht sie zurück. Der Elf ist trotz seiner Erschöpfung etwas irritiert über diese Reaktion und sieht sie hilflos und fragend an. Ihr Gesicht wird traurig.

„Ich muss jetzt leider wieder fort." „Aber ich dachte, wir würden noch etwas zusammenbleiben", ruft der Elf überrascht, als sie davon schwebt. Sie dreht sich nochmal um und winkt ihm zu. „Vielen Dank für deine Hilfe, Alýra!", ruft er ihr nach. Dann wird sie wieder unsichtbar. Er sieht ihre Tränen nicht. Ach, armer junger Elf! Du hast keine Ahnung, was mit dir geschieht! Und ich darf dir nicht helfen.

Er lässt sich auf das Gras vor dem Turm fallen und starrt in den blauen Himmel. Tränen laufen ihm aus den Augenwinkeln. Er fühlt sich so elend. Gibt es für mich denn kein Glück mehr? Er bleibt einfach liegen. Wolken ziehen formlos über ihn hinweg.

Da kommt Wind auf. Er spürt die Anwesenheit seiner Freunde. Sie umringen ihn, wie sie es früher getan haben. Da hört er plötzlich Géroms Stimme flüstern: „Geh' nicht in den Turm! Geh' nicht in den Turm!"

Verblüfft richtet er sich auf. Sein Freund Gérom hat seinen Traum erfüllt, Freundschaft mit den Winden zu schließen! Es ist erstaunlich wie schnell er gelernt hat. Er hat einen starken Willen und sich nicht beirren lassen.

Wieder flüstert der Wind etwas mit Géroms Stimme: „Ich komme morgen." Das hat ihn sicher viel Kraft gekostet! Er ist sehr froh, etwas von Gérom zu hören.

Da fällt ihm plötzlich ein, dass sein Stab noch immer im Turm liegt. Außerdem muss noch jemand im Turm sein. Einer der *Dunklen Krieger* hatte einen Namen gerufen. Schnell läuft er wieder zu dem Holztor, das sein Zauber noch immer offen hält. Vorsichtig tritt er ein.

Er sieht sich um, doch sein Stab ist nicht zu sehen. Da bemerkt er eine Gestalt, die sich langsam auf ihn zubewegt. Sie achtet genau darauf, nicht in das einfallende Licht zu treten. Er will schon fliehen, da spricht sie: „Willst du schon fort, stolzer Krieger? Ohne deinen Stab?"

Es ist eine ähnliche Stimme, wie die des *Dunklen Kriegers*, nur nicht ganz so hart und etwas tiefer. Er hält inne und dreht sich wieder der Gestalt zu. Es muss auch ein *Dunkler Krieger* sein!

Seiner Stirn entspringen zwei gewundene Hörner, die sich über die Schläfen nach hinten fortsetzen. Ansonsten ist auch sein ganzer Körper mit Hornplatten geschützt, wie bei den anderen.

„Ich bin Krévlokk, der Herr dieses Turmes." Er holt den Stab aus Geisterbaumholz hinter seinem Rücken hervor. „Und du bist offenbar niemand, der einen Handel mit mir will." In einer ruhigen Bewegung wirft er dem Elfen den Stab zu und dieser fängt ihn mit beiden Händen. Krévlokk setzt fort: „Wer bist du?" Der junge Elf ist angespannt.

Dieser Verwandelte des Chaos will ihn vermutlich genauso töten, wie die anderen es wollten. „Ich bin jemand, den das Chaos verflucht hat und verfolgt", erwidert er unsicher.

„Was weißt du wohl von den Flüchen der *Dunklen Macht*? Du unterliegst nicht dem, was die gelehrten Wesen früher den *Kriegerfluch* nannten", zischt der *Dunkle Krieger* ärgerlich. Ruhiger setzt er fort: „Im Gegenteil, du hast offensichtlich meine Gefährten getötet. Zweifellos hat dir ihre Überheblichkeit sehr geholfen."

Der junge Elf ist verblüfft. Dieser Verwandelte ist anders als erwartet. Er wirkt älter als die beiden anderen – und unabhängiger. Leidet er etwa unter seiner Verwandlung?

„Wenn dich die *Dunkle Macht* verfolgt, dann bist du wohl ein großer Held des Lichtes. Oder hast du einfach nur eine große Zusammenkunft gestört?"

„Bereust du, dass du dich der *Dunklen Macht* hingegeben hast?", fragt der Elf scheinbar gelassen. Krévlokk schnaubt überrascht und wendet sich halb ab. Diese Frage hatte er nicht erwartet. Doch dann lässt er sich geräuschlos auf die Stufen der Wendeltreppe nieder.

Im Halbdunkel sieht der junge Elf den *Dunklen Krieger* ihn mit seinen blutroten Augen konzentriert anstarren. Mit ruhiger, zischender Stimme beginnt er zu erzählen. „Am Anfang war es eine Lust, die Feinde zu jagen, sie zu überlisten, die Angst in ihren Augen zu sehen, bevor man sie tötet, um ihr Blut zu saufen." Er lächelt finster. „Die *Dunkle Macht* ließ uns selbst den mächtigen Adánada überwinden und auf ewig auf unsere Seite zwingen. Er war danach immer bei uns und führte uns von einer siegreichen Schlacht zur nächsten."

Krévlokks Worte sind stark. Sie haben eine eigene Kraft. Sie erschaffen Visionen im Geist des Elfen, die von den Erinnerungen des *Dunklen Kriegers* gespeist werden. Er sieht die Schlachten mit dessen Augen.

Krévlokk setzt fort. „Wir wurden schließlich immer weniger, denn später kämpften wir in einem Krieg meistens auf beiden Seiten. Die alten Kriegsherren wussten irgendwann, dass es sehr töricht ist, gegen *Dunkle Krieger* zu kämpfen, ohne auch selbst welche in den eigenen Reihen zu wissen." Seine Stimme senkt sich.

„Am Ende blieb der kleine Rest von uns zusammen und kämpfte nur noch gemeinsam für denjenigen, der am meisten zahlte. Das war bald, nachdem Adánada vom König der Götter geschlagen wurde. Welcher sterbliche Krieger ist schon stark genug, um einen von uns zu besiegen? Vielleicht der beste Páladin seiner Zeit. Und selbst wenn er stark genug ist, wann ist er es nicht mehr? Wir müssen nur zehn Winter warten oder auch mehr, und besiegen jeden Feind. Die *Dunkle Macht* erschafft keine Krieger mehr wie uns. Wir haben keine ernsthaften Gegner und werden mit jedem Winter stärker."

Grimmig setzt Krévlokk fort. „Die Diener der *Dunklen Macht* schufen für uns die Rüstungen aus dem schwarzen Metall, das das Licht der Sonne verschlingt. Nicht einmal am Tage waren unsere Feinde vor uns sicher. Die Schwarzen Ritter hat man uns damals genannt. Aber diese Rüstungen verwirren auch den Geist. Sie lassen einen rasch irre werden, so wie die verfluchte *Dunkle Macht* selbst! Die dunklen Priester hassten unsere neue Unabhängigkeit und wollten uns wieder ihrem Wahnsinn unterwerfen."

Er macht ein Geräusch, das beinahe wie ein Seufzen klingt. „Krieg bedeutet nichts, wenn man nicht verlieren kann. Wir töten junge Helden wie Kinder und verbrennen ihr Dorf, vernichten alle ihre Hoffnungen. Danach kommen die Urenkel dieser Helden, geben alles, was sie haben, und lassen uns das Dorf ihres alten Feindes niederbrennen, obwohl der schon lange tot ist." Er knurrt.

„Jedes Mal wünsche ich mir, es käme einer, der mein sinnloses Leben beenden kann. Manchmal sehe ich denselben Wunsch in den Augen alter Krieger und erfülle ihn. Doch sie haben nur die Last eines einzigen Menschenlebens zu tragen und sind sich ihres Todes sicher, selbst wenn sie nur die Zeit dahinrafft! Mich zwingt der *Kriegerfluch* auf ewig zu leben und immer zu siegen! Verdammt sei die *Dunkle Macht*!" Krévlokk spuckt verächtlich aus.

Dann blickt er den jungen Elfen herausfordernd an. „Und was nun? Willst du mich töten, wie du es mit den anderen getan hast?" Sein Gesicht verzieht sich zu einer aggressiven Fratze. Ein kalter Schauer überkommt den jungen Elfen. Die grausamen Visionen, die Krévlokk ihm mit seinen durchdringenden Worten geschickt hat, verblassen nur langsam. Der Elf nimmt gerade erst wieder die Schemen im Inneren des Raums wahr. „Ich sehe, ich habe keinen Grund dich zu töten", erwidert er gespielt gelassen. Er schwitzt in Todesangst.

„Warum misst du dich nicht an Adánada? Wenn du einen freien Willen hast, kannst du dich auch dafür entscheiden!", ergänzt er hastig. Krévlokk winkt spöttisch ab.

„Wer weiß, wo der jetzt ist. Ich bin gezwungen, im Dunkeln zu bleiben, wenn ich meinen Verstand nicht an die schwarze Rüstung verlieren will. Ich werde sicher nicht bei Nacht umherziehen und mich bei Tage meinen Feinden ausliefern, nur um vielleicht irgendwann einmal wieder dem großen *Ersten Geist* zu begegnen. Genauso gut könnte ich ihm hier in meinem Turm begegnen.“

„Dann werde ich ihm also sagen, dass du ihn hier erwartest, wenn ich ihn sehe“, schließt der Elf unbedacht das Gespräch.

Der *Dunkle Krieger* stutzt erst verblüfft, dann schreit er ihn wütend an: „Warum solltest du Adánada zu Gesicht bekommen?“

Den Elfen ergreift Panik, doch er zwingt sich, ruhig zu bleiben. „Es ist meine Bestimmung!“, sagt er entschieden. Er sieht Krévlokk direkt in die Augen.

Das war ihm selbst erst soeben klar geworden. Seine Visionen deuten es an. Er erzählt Krévlokk von dem, was er in ihnen sah. Der schnaubt nur verächtlich.

„Adánada hätte sicherlich keine derart erbärmliche Figur abgegeben, nicht einmal gegenüber dem König der Götter.“ Der Elf ist verunsichert.

„Aber er wurde besiegt“, räumt der *Dunkle Krieger* ein. „Das ist sicher. Sonst wäre die Welt nicht mehr so, wie sie jetzt ist“, ergänzt er und lässt den erhobenen Zeigefinger seiner rechten Klauenhand einmal kreisen. „Wie habt ihr ihn besiegt?“

„Nicht im Kampf!“, raunt Krévlokk leise. „Die *Dunkle Macht* hat einen sehr hohen Preis bezahlt für ihren alles entscheidenden Sieg! Sie hat einen Mondstein, ein Stück unheilige Erde des Mondes, auf Wígreda herabgeschleudert. Es ist ganz nah bei Adánada aufgeschlagen. Der große dunkle Fleck im oberen Teil des Mondes stammt aus dieser Zeit. Und es war *Blutmond*.“

Er wird lauter: „Niemand hätte sich wehren können. Der Mondstein korrumpierte die ganze Umgebung. Die *Dunkle Macht* hat seinen Geist bezwungen und zum Wahnsinn verdammt. Von da an war das Spiel für die Kräfte des Lichtes verloren! Er hat die List, die ihn zu Fall brachte, am Ende selbst noch einmal ausgesprochen: Bekämpft den Geist, nicht den Körper! So ist es gekommen! Auch wenn Adánada einmal besiegt wird, so wird er wiedergeboren werden, immer wieder und wieder. Und er wird stets der *Dunklen Macht* dienen! Für immer!“

„Das wussten sicher auch die Páladine. Doch trotzdem gaben sie nicht auf", entgegnet der junge Elf. „Dann sind sie schwachsinnig!", poltert Krévlokk los. Gereizt schwenkt er seinen Kopf und atmet geräuschvoll.

Langsam beruhigt er sich. „Oder", beginnt er zu sinnieren, „sie haben einen Weg gefunden." Er sieht den jungen Elfen scharf an. „Weißt du etwas darüber?" „Nein", gibt dieser zu, „Aber die *Steinernen Weisen* werden es sicher wissen." „Die *Steinernen Weisen*? Vielleicht. Sie wären jedenfalls alt genug, um es wissen zu können."

„Sie sind mein nächstes Ziel." Krévlokk starrt ihn prüfend an. „Dann mache dich auf den Weg, stolzer Krieger! Finde deine Antworten." Er steht auf, dreht sich um und ergänzt leise mit Blick auf das offene Tor:

„Du bist ja frei zu gehen." Schnell schlüpft der junge Elf durch das noch immer seltsam verformte Tor.

Spannung und Angst fallen erst von ihm ab, als er den Waldrand nahe dem Weg nach Mórak erreicht. Die Sonne wird schon bald im Westen untergehen. Gérom will morgen kommen. Bis dann muss er hier warten. Wenn die Sonne untergeht, könnte Krévlokk kommen und ihn töten. Aber für eine Flucht ist es ohnehin längst zu spät. Er wird bleiben.

Die verbleibende Zeit bis zum Einbruch der Dunkelheit streift der Elf in der Umgebung umher und versorgt sich mit den guten Geschenken des Waldes: frisches Wasser, die ersten Früchte des Jahres, nahrhafte Wurzeln und Kräuter. Es ist lange her, dass er sie so genossen hat wie jetzt. All das Grauen der letzten Zeit. Der Brandgeruch ist noch immer allgegenwärtig. Beinahe hätte er vergessen, dass er etwas essen und trinken sollte. Zurückgezogen im Unterholz, wartet er auf die Nacht. Von hier aus ist der dunkle Turm nicht mehr zu sehen.

Krévlokk. Dieser Verwandelte des Chaos geht ihm noch nicht aus dem Sinn. Er ist die pure Gewalt, der perfekte Krieger. Schon sein Anblick ist grausam. Sein Gesicht ist wie eine Waffe, die den Geist trifft. Die Sterne blitzen vereinzelt durch das sich sanft bewegende Blätterdach. Der Wind ist mild. Irgendwann schläft er ein.

Im Morgengrauen wird er wach. Es ist kühl. Er hört Schritte in der Nähe und leise Stimmen. Geräuschlos richtet er sich auf und späht durch die Büsche auf den Weg. Er erkennt ein paar kleine gedrungene Gestalten. Es sind Zwerge. Und Gérom ist bei ihnen! „Gérom!", ruft er erleichtert. Blitzschnell verlässt er das Unterholz.

Gérom erwartet ihn lächelnd am Waldrand. Sie umarmen sich. Gérom trägt seine Haare und den Bart jetzt offener. Es sind kaum noch Haare zu Zöpfen geflochten. „Hast du meine Warnung noch bekommen, Freund-der-Winde?", fragt er leise. „Ja. Ich bin so stolz auf dich!", erwidert der Elf lachend und löst die Umarmung. „Du hast sehr schnell gelernt." Gérom ist verlegen.

Doch dann wird er ernst. „Es ist Schlimmes passiert", sagt er betrübt. Sorgen dringen in die Gesichter der Freunde.

„Waffenmeister Rándok hat die Macht in Mórak übernommen. König Útward ist vermutlich tot. Seit unserer Abreise sind einige Kreaturen der *Langen Nacht* in der Umgebung gesehen worden.

Rándok gibt dir die Schuld dafür. Der König sei von einem dieser Verwandelten getötet worden. Er sei zu leichtfertig mit dieser drohenden Gefahr umgegangen." Gérom steigt die Zornesröte ins Gesicht. „Ich bin sicher, er selbst hat unseren König getötet!" Er ballt die Faust.

„Heute Morgen habe ich gesehen, wie sie den alten Hónok begraben haben. Andere sind verschwunden. Unter ihnen Ruborán, unser *Weiser von Mórak*", setzt Gérom bitter fort.

Der Elf ist niedergeschlagen. „Hónok hat mich gestern Morgen noch vor dem Turm gewarnt", sagt er leise. Gérom nickt traurig. „Der Tod war wohl sein Lohn dafür. Mich hat Rándok im Namen des Königs allein zu einer Mission in den Norden geschickt. Aber ein paar Freunde haben mir erzählt, was passiert ist. Sie haben nicht geglaubt, dass ich und auch Quíebo von dir verhext worden sind. Dies hier sind sie. Ich hoffe, wir werden noch mehr Zwerge davon überzeugen können, dass Rándok sie anlügt." „Das hoffe ich auch", erwidert der junge Elf nickend.

Gérom lächelt. „Was hast du denn seit gestern getan? Du hast den alten Turm glücklicherweise nicht betreten, wie ich sehe." Der junge Elf sieht verlegen zu Boden.

„Ich war im Turm. Deine Warnung kam zu spät." „Was?" Gérom ist völlig entsetzt. „Aber dort sollen doch Chaoskreaturen hausen, die noch weit gefährlicher sind, als die der letzten *Langen Nacht*! *Dunkle Krieger*! Wie konntest du ihnen entkommen?", fragt er ungläubig.

Ein anderer Zwerg flüstert Gérom etwas ins Ohr, doch der macht nur eine kurze, abweisende Kopfbewegung und fasst den jungen Elfen bei den Schultern. „Sag' schon!"Reisender

„Eine Fee hat mich vor den Verwandelten im Turm gewarnt und ich konnte zwei von ihnen mit ihrer Hilfe töten. Danach bin ich dem Herrn des Turmes, Krévlokk, begegnet. Er ist zwar ein *Dunkler Krieger* und sicher ein Ungeheuer, aber er wollte mich nicht töten. Das hätte er auch noch diese Nacht machen können. Er kennt Adánada. Vielleicht kann er mir sogar helfen."

Erschrocken zieht Gérom seine Arme zurück. „Wie konntest du dich nur mit ihm einlassen?" Er ist fassungslos.

„Schon seit Hunderten von Wintern halten die *Dunklen Krieger* den alten Wachturm der Zwerge von Mórak besetzt und niemand wird von ihnen verschont, der nicht mit ihnen im Bunde ist."

Die anderen Zwerge werfen dem Elfen giftige Blicke zu und einer versucht, Gérom am Arm zu packen und fortzuziehen. Er richtet einige harte Worte an Gérom in der Sprache der Zwerge.

Der Elf sieht ihn unsicher an. „Was ist denn?" Gérom schüttelt ratlos den Kopf, während er noch immer von seinem Begleiter mitgezerrt wird.

„Ich wünsche dir viel Glück, Freund-der-Winde! Ich muss jetzt mit ihnen gehen und Ordnung in Mórak schaffen. Bleibe dem Wald treu!", ruft er noch resignierend.

Der junge Elf versteht nicht. „Gérom!" Er läuft den Zwergen kurz nach, doch deren aggressive Blicke lassen ihn anhalten. Gérom reißt sich zwar wütend los, geht aber trotzdem mit den anderen mit.

Der Zwerg blickt noch einige Male zurück und der junge Elf wechselt unglückliche Blicke mit ihm, bevor die Zwerge hinter einer Biegung des Weges verschwinden. Der Elf fällt auf die Knie und lässt sich auf die Fersen sinken.

Kapitel 10

Allein

Es ist wieder Sommer. Die Winde sind heiß und trocken. Der Wald durstet. Die Flüsse und Bäche sind schwach. Der Weg ist staubig und führt durch mattes Gras und müde Bäume. Wieder durchquert ein einsamer Wanderer endlose Wälder.

Der Elf sucht Antworten auf die Fragen, die ihn niederdrücken. Wie weit ist er schon gekommen? Von seinem alten Mentor zu Zwergen und Magiern. Jetzt sucht er bei Statuen seinen Weg. Dieser führte ihn schon weit fort von seinem heimatlichen Titanenwald, vorbei an Liebe und Freundschaft. Nirgends ein Halt. Er ist wieder allein.

Er steht am nördlichen Ufer des Kristallsees. In tiefem Grün liegt er in seinem Bett. Tiefer als das Grün der Bäume, die dem jungen Elfen die Arme zum Willkommen ausbreiten, aber auch die Sicht nehmen. Wo soll er nur anfangen zu suchen? Die Beeren, die er gefunden hat, sind süß wie Honig. Die starke Sonne hat sie so gemacht. Eine kleine Quelle löscht den Durst. Nun sitzt er auf einem alten Baum und sieht zu, wie die Sonne stolz untergeht. Er kennt jetzt keine Eile mehr. Die Winde sind da und spielen mit seinen Haaren. Doch er schließt nur die Augen. Ruhe.

Plötzlich erwacht er. Er war eingeschlafen. Die Winde sind fort. Es ist schon dunkel. Aber es ist noch nicht Nacht.

Es herrscht ein schwankendes Zwielicht. Der Himmel ist dunkelgrau. Rote Blitze laufen stumm über ihn hinweg. Manchmal sind sie auch grell gelb wie die Sonne. Was ist passiert? Kein Mond ist zu sehen, keine Sonne. Selten erscheint kurz ein Stern zwischen der scheinbar belebten, wabernden Masse über ihm. Die Tiere sind aufgeregt. Nichts ist mehr, wie es war. Er klettert den alten Baum herab. Das ist kein Albtraum. Und doch fühlt es sich genauso an. Sein Bauch krampft sich zusammen. Ein seltsames, entferntes Heulen durchdringt die Stille ab und zu. Es stammt von keinem Wesen, das er kennt.

Er wandert unbeirrt los Richtung Norden. Der Himmel zeigt keine Änderung in seiner sich ständig wandelnden Form. Eine lange Zeit vergeht, ohne dass sich ein nahes Ende dieses schauerlichen Schauspiels abzeichnen würde. Er ist jetzt schon müde und durstig.

Noch fließt Wasser. Aber was könnte er tun, wenn es nicht mehr regnet und die Quellen versiegen?

Es sind sicher schon viele Tage vergangen. Der fremde Himmel ist vertraut geworden. Die Natur leidet.

Überall um sich herum sieht er tote Tiere und Pflanzen. Einzelne Rabenkrähen picken an den Überresten. Einst selbstbewusst, verspielt und schlau, sind sie jetzt verängstigt und ihre Rufe klingen dem Elfen wie verwirrte Klagelieder.

Noch immer ist es sehr warm. Immer wieder ist er auf hohe Bäume geklettert, um Hinweise auf die *Steinernen Weisen* zu bekommen. Leider ist die kurze Wegbeschreibung, die er von Fayádos bekommen hat, nur sehr ungenau. Irgendwann hat er begonnen, seine Wahrnehmung der magischen Strömungen der Umgebung mit einem Zauber zu verstärken, um auf den richtigen Weg zu kommen, doch auch das half nur wenig weiter. Mehr half ihm ein kleiner, violetter Pilz, den er schon als Kind als hilfreich für das Magiespüren kennengelernt hat. Die Elfen nennen ihn Katzenherz. Doch selbst mit Pilz und Zauber zusammen ist es sehr schwierig, die richtige Richtung zu bestimmen. Er braucht mehr Zeit.

Da fällt ihm ein Lichtschein auf, der sich ihm tanzend nähert. Schnell zieht er sich in den Schutz eines alten, breiten Baumes zurück. Das Licht wirkt eigentlich seltsam vertraut, aber ist doch auch fremd in dieser Umgebung. Ächzende Stimmen dringen zu ihm herüber. Sie begleiten das Licht. Es scheint ein Zug von Menschen zu sein, die einer Gestalt mit einer grell leuchtenden Fackel folgen.

Viele der Menschen sehen abgemagert und krank aus. Ihre Kleidung ist zerlumpt und sie haben nur wenig dabei. Einige sind verletzt und tragen schmutzige Verbände. Die Menschen leiden hörbar. Verzweiflung steht in ihren Gesichtern geschrieben. Der Anführer bleibt stehen, blickt sich um und dann zurück auf die, die ihm folgen. „Bleibt alle im Schein des heiligen Feuers! Dann kann euch die Finsternis nicht erreichen."

Heiliges Feuer! Die Fackel brennt in heiligem Feuer. Deswegen die Vertrautheit. Es leuchtet genauso, wie es früher die Sonne tat. Wie sehr vermisst er nun ihren Schein.

„Sprich zu uns, Tóranth! Wie geht es weiter?", ruft ein Mann aus der Menge heraus. Der Anführer wendet sich um und hält die Fackel hoch. Er trägt eine ehemals weiße Kutte mit Kapuze.

Seine in Strähnen ergrauten, dunklen Haare schauen unter der Kapuze hervor. Wie auch sein brustlanger Bart sind sie nur notdürftig gepflegt.

Auf seiner Stirn leuchtet strahlend das Sonnensymbol. Das muss ein Kosmospriester sein! Seine schwarzen Augen weiten sich und beginnen zu leuchten, als er klar und eindringlich seine Stimme erhebt.

„Vertraut nur dem Kosmos, Menschen von Órianoth! Es wird euch über mich durch diese Dunkelheit zum Licht führen! Die große Stadt Thiríst ist nicht mehr fern. Dort werden wir geschützt sein durch ihre tapferen Bewohner und ihre starken Mauern." Er deutet mit seiner Hand in die Richtung, in der Thiríst zu vermuten ist. „Vielleicht treffen wir dort auch wieder auf unsere tapferen und treuen Páladine, die von dieser unheiligen Dunkelheit fortgelockt, uns nicht mehr beschützen konnten, als das *Grausame Kind* mit seinem Heer aus Verwandelten vor die hohen Mauern von Órianoth zog."

Seine Hand schweift über seine Zuhörer. „Trauert nicht um unsere ehrwürdige Kathedrale, die noch vom guten letzten Kaiser erbaut, von den wütenden Horden in nur so kurzer Zeit abgetragen wurde. Ich sehe ein Stück unserer Kathedrale in jedem eurer Herzen! Eines Tages werden wir sie wieder aufbauen. Und sorgt euch nicht um unsere geehrten Toten in den Katakomben unter der Kathedrale. Sie bleiben geschützt und die Finsternis wird sie nicht berühren. Schon bald werden wir alle unser Ziel erreichen!"

Ein wenig von dem Feuer in Tóranths Augen ist jetzt auch in den Augen der Flüchtlinge zu sehen. Es ist nicht groß, aber es wird ihnen die Kraft geben, einen weiteren Tag durchzuhalten. Das viele Ächzen und Stöhnen ist leiser geworden. Der wabernde, zwielichtige Himmel wirkt etwas weniger bedrohlich.

Da bemerkt der junge Elf aus seinem Versteck heraus eine kleine dunkle Gestalt, die sich hoch oben in einem Baum über dem Priester kurz bewegt hat. Etwas ist dort und hat sich anscheinend im Schatten des heiligen Feuers herangeschlichen.

Nach kurzem Zögern spannt der Elf lautlos seinen Bogen. Ein kurzes Sirren lässt die Köpfe hochschnellen. Da fällt auch schon eine kleine Kreatur, von einem Pfeil getroffen, direkt neben dem Priester auf den Boden. Dieser weicht erst ein Stück zurück, hält dann aber die Fackel näher, um die Kreatur besser sehen zu können.

Sie hat glänzende, schwarze Augen und zerfranste, runde Ohren. Augen und Ohren scheinen viel zu groß für ein Wesen dieser Größe zu sein.

Es windet sich stumm und versucht seine lidlosen Augen mit den fledermausartigen, dunkelgrauen Flügeln vor dem Licht der Fackel zu schützen, doch im Schein des heiligen Lichtes schmelzen die Flügel wie Spinnweben im Feuer dahin. Die Bewegungen ersterben schließlich. Die tote Kreatur verwandelt sich in ihre ursprüngliche Gestalt zurück, die anscheinend die eines kleinen Mädchens ist. Schließlich verbrennt der graue, leblose Körper in einem kurzen Aufflackern zu Asche.

„Seht ihr? Wie nach der *Langen Nacht* der Schnee beim ersten Schein der Frühlingssonne dahinschmilzt, so zerfließt auch diese Kreatur im Schein des heiligen Feuers", kommentiert Tóranth ungerührt.

„Anscheinend haben wir selbst hier noch Freunde." Er blickt sich um. Der Elf rührt sich nicht. Er muss alleine weiter und in eine andere Richtung. Kurz darauf setzt sich der Zug wieder in Bewegung. Langsam verschwinden auch die letzten Nachzügler zwischen den Bäumen. Auch der tanzende Schein der strahlenden Fackel wird schnell kleiner und ist schließlich ganz verschwunden. Der Elf hat ihm lange nachgesehen. Der Schein des heiligen Feuers fühlte sich fast wie der Sonnenschein an, den er schon so lange vermisst.

Die folgende Zeit ist mühsam. Er hat schon lange keine gute Nahrung mehr gefunden und auch trinkbares Wasser findet er nur noch selten. Immer wieder muss er seine schwierige Suche nach den *Steinernen Weisen* unterbrechen, nur um sich mit dem Nötigsten zu versorgen.

Er ist gerade wieder einmal aus einem unruhigen Schlaf erwacht, da zieht plötzlich ein schrilles Pfeifen auf. Es wird lauter und schließlich peitscht von einem Herzschlag auf den anderen ein Regenschauer wie tausend Nadeln auf den ahnungslosen Elfen ein.

Ein entsetzter Schrei, dann stürzt er auf einen größeren Baum in der Nähe zu und presst sich an den Stamm. Er hält sich die Arme schützend über seinen Kopf. Überall um sich herum hört er die entsetzlichen Schmerzensschreie unzähliger Tiere, die kurz das laute Zischen dieses Gewaltregens übertönen.

Das Pfeifen verebbt so schnell, wie es kam. Ungläubig schaut er sich nun um. Die Bäume sehen aus wie nach einem schweren Hagelschlag. Fast alle Blätter sind zerfetzt. Kleine Sturzbäche haben sich gebildet.

Sieht so der Regen in dieser neuen, grausamen Welt aus? Dann wird bald nichts mehr an das alte Wígreda erinnern. Stumm nutzt er die möglicherweise letzte Gelegenheit, um seinen Wasservorrat aufzufüllen.

Er fühlt sich so müde. Bald wird er mit der alten Welt sterben. Er sieht jetzt noch mehr tote Tiere und Pflanzen auf seinem Weg. Sie sehen furchtbar aus. Ihr Tod war langsam. Er ist nicht allein. Die letzten Tiere und Pflanzen werden ihn begleiten. Bald werden wir alle sterben. Er schließt die Augen und lässt sein Gesicht in seine Hand sinken.

„Noch immer unterwegs, stolzer Krieger?" Erschreckt fährt er herum. Nur einen Schritt hinter ihm steht Krévlokk, der *Dunkle Krieger*! Entsetzt blickt er unwillkürlich in den Himmel, dann wieder auf Krévlokk. Der lächelt nur. „Ich bin kein Gefangener mehr! Jetzt bin auch ich frei zu gehen, wohin ich will!" Er streckt die Arme aus und stößt einen tiefen, grimmigen Schrei aus. Der Elf ist unfähig, etwas zu sagen. Krévlokk blickt ihn prüfend an. „Warum bist du noch hier? Die *Steinernen Weisen* sind nicht weit von hier." Der junge Elf sieht sich hilflos um.

„Lass uns zusammen zu ihnen gehen", schlägt Krévlokk leise vor. „Vielleicht wissen sie, wo Adánada jetzt ist." Er lächelt finster und sagt mit Blick auf den neuen Himmel: „Er ist zurück und hat den alten Götterkönig hinweggefegt!" Der Elf folgt seinem Blick und versteht jetzt.

Er nimmt seinen Stab in die linke Hand, nickt unsicher und deutet mit der rechten Hand voraus. „Dann lass uns gehen." Der *Dunkle Krieger* lächelt zufrieden und geht mit großen, lautlosen Schritten voran. Der Elf folgt ihm, ohne weiter darüber nachzudenken.

„Der Kampf gegen ihn wird jetzt natürlich schwieriger werden. Mit Himmelsschwert und Drachenschild ist er kaum noch zu besiegen", sinniert Krévlokk leise weiter. „Ich muss mir zumindest eine mächtige, unheilige Waffe besorgen." „Und wenn du ihn besiegt hast? Was passiert danach?", fragt der Elf möglichst souverän. Krévlokk sieht ihn scharf an.

„Danach bin ich der größte Krieger aller Zeitalter!", grummelt er ärgerlich. „Zweifellos, aber wird Adánada nicht wiederkommen?" „Das ist sicher. Ich werde ihn erwarten. Und ich werde noch so stark sein wie jetzt – oder noch stärker!" Er fletscht die dunklen, unregelmäßigen Zähne in Kampfeslust. Dann entspannen sich seine rauen Züge wieder.

„Oder er besiegt mich und beendet mein Leiden", murmelt er leise und schließt die Augen.

Der Elf sieht ihn mitleidig an. Ein ewiges Leben, das nur dem Kampf geweiht ist. Unerträglich, wenn man nicht nur ein geistloser Diener des Chaos ist.

Sie setzen die Reise schweigend fort. Die Páladine haben sicher einen guten Weg gefunden, Adánada endgültig zu besiegen. Sein Seelenzauber muss ein Teil der Lösung sein. Gibt es die Páladine nicht noch irgendwo? Sollte er sie nicht suchen? Aber wo nur? Zumindest gelangt er nun mit Krévlokks Hilfe viel schneller zu den *Steinernen Weisen.*

Obwohl Krévlokk eine Kreatur des Chaos ist und sicher eines der mächtigsten Wesen dieser Zeit, so hat er doch etwas an sich, das ihm Vertrauen einflößt. Töten würde er jederzeit, doch betrügen – niemals.

Da hält Krévlokk an. „Wir sind angekommen, stolzer Krieger." Er deutet nach vorne. Der Waldboden fällt hier leicht ab und führt in eine größere Vertiefung. Es ist nichts zu sehen außer Bäumen, die wie alle anderen Wesen des Waldes unter der Veränderung des Himmels leiden.

„Und wir sind nicht allein!", sagt Krévlokk mit verächtlich verzerrtem Gesicht. „Ein hoher Diener des Lichtes ist in der Nähe!" Er sieht sich um. „Zumindest greifen uns die *Steinernen Weisen* nicht an."

Der Elf kann weder etwas sehen noch etwas spüren. Aber er hat bemerkt, dass Krévlokk ihn offenbar nicht ohne Grund hierhin geführt hat. Die *Steinernen Weisen* erwarten vermutlich ihn, nicht aber einen *Dunklen Krieger.* Krévlokk hofft, dass er jetzt eine Gelegenheit bekommt, mit ihnen über Adánadas Pläne zu reden. Der Diener des Lichtes ist vermutlich ein Kosmospriester, der auch gegen Adánada kämpfen will. Er wird wissen, was die Páladine geplant haben. Krévlokk soll seine Chance bekommen. Schließlich hatte er selbst gehofft, dass ihm der *Dunkle Krieger* auf seinem Weg hilft. Und das hat er auch schon getan.

Der Elf dreht sich zu Krévlokk um und fragt lächelnd: „Was zögerst du noch? Komm!" Er geht langsam die Vertiefung herab. Krévlokk folgt dicht hinter ihm.

Aus den Augenwinkeln heraus kann der junge Elf gut seine raschen, nervösen Kopfbewegungen sehen. Er fühlt sich offensichtlich unwohl hier. Sie kommen in der Mitte der Vertiefung an und sehen sich um. Es ist noch immer nichts zu erkennen.

Da erklingt würdevoll die tiefe Stimme eines alten Mannes von irgendwo her: „Sei uns willkommen, Taladán!" Sie sehen sich an.

„Der Diener des Lichtes muss dich meinen, stolzer Krieger", bemerkt Krévlokk trocken. Der junge Elf sieht ihn skeptisch an. „Du bist hier nicht willkommen, Kreatur der Finsternis!", donnert die Stimme.

„Du hast recht", sagt der junge Elf verblüfft. „Wir suchen beide Rat bei den *Steinernen Weisen!*", ruft er. „Unser Rat ist nur für dich bestimmt, Taladán!", erschallt die Stimme. „Vielleicht wollt ihr ja meinen Rat!", grölt Krévlokk wütend. „Ich kenne Adánada besser als ihr! Ich war dabei, als er der Finsternis erlag! Ich war sein Mitstreiter in Dutzenden von Schlachten! Und auch ich will ihn besiegen!" Die Stimme schweigt.

Krévlokk flüstert dem Elfen zu: „Sie beraten sich. Ich spüre das." Dann ertönt wieder die tiefe Stimme. „Stellst du dich unserer Prüfung?" Krévlokk starrt einen Augenblick wütend. „Schwörst du mir, Diener des Lichtes, bei deiner Urkraft Kosmos, dass mir hier nichts geschieht, falls ich mich eurer Prüfung stelle?", erwidert er scharf.

Die Stimme erwidert: „Dir wird hier nichts geschehen. Und selbst falls du unsere Prüfung nicht bestehst, so sollst du dich ungestraft entfernen dürfen, sofern du es dann gleich tust." Eine Gestalt in einer erdfarbenen Kutte, die rechte Hand zum Schwur erhoben, erscheint nur wenige Schritte vor den beiden. „Das schwöre ich bei der Kraft der höchsten Ordnung!" Es ist ein älterer Mann mit einem langen, weißen Bart und ebensolchem Haar. Seine kantigen Züge sind hart wie gemeißelt. Seine dunkelblauen Augen sind durchdringend und klar.

Er trägt das Sonnensymbol auf der Stirn. „Ich bin Áron." Er wendet sich dem Elfen zu. „Sei mir gegrüßt, Taladán, Wandler!" Er nimmt die Hände des Elfen in die seinen und lächelt freundlich. „Hier wirst du bald alles erfahren, was du wissen musst. Hier bist du sicher vor den Gefahren des geschundenen Himmels." Der Elf erwidert das Lächeln schüchtern. Dann wendet sich Áron dem *Dunklen Krieger* zu.

Sein Blick wird wieder streng und unbarmherzig. „Wer bist du und was ist deine Absicht jetzt und hier?" „Ich bin Krévlokk, der Herr des alten Wachturmes am Kristallsee! Ich bin jetzt hier, um Adánada zu schlagen!", erwidert der *Dunkle Krieger* im gleichen harten Tonfall.

Erst herrscht Schweigen. Dann folgen viele Fragen zu Krévlokks sehr langen Vergangenheit, zu Adánada und zum veränderten Himmel. Áron fixiert Krévlokks Augen bei jeder Antwort. Der Elf hat sich längst auf den Waldboden gesetzt und lauscht dem Verhör.

Der *Dunkle Krieger* beweist erstaunlich viel Geduld. Obwohl ihn viele der Fragen offensichtlich reizen, bleibt er ruhig. Krévlokk muss die letzten Momente Adánadas vor seiner Weihe beschreiben.

Er war dem Wahnsinn nahe. Bis zum Ende kämpfte Adánada gegen die übermächtige Urkraft, die ihn langsam aber unaufhaltsam seines Willens beraubte. „Ihr könnt mich nicht ewig binden! Ihr müsst mich endgültig verbannen!", flüstert Krévlokk und sieht trüb vor sich auf den Boden. „Das stammelte er am Schluss immerzu. Es ist ein grausames Schicksal für einen so großen Geist, für immer den freien Willen zu verlieren." Áron schweigt weiter. Er sieht dem *Dunklen Krieger* lange in die Augen. Dann wendet er kurz den Kopf ein paar Male leicht hin und her. „Du hast die Prüfung bestanden." Krévlokk schnaubt verächtlich.

Der junge Elf erhebt sich lächelnd. „Du bist weit weniger vom Chaos beeinflusst, als zu erwarten war. Deine Fähigkeiten wären zweifellos eine Bereicherung für unsere gewaltige Aufgabe. Dein Wille, Adánada zu stürzen, ist aufrichtig und wirklich dein eigener. Die Gründe für dein Vorhaben sind zwar eher egoistischer Natur, aber das ist letztlich zweitrangig", führt Áron weiter aus. „Du darfst hier bleiben, solange du meine Autorität anerkennst." Verächtlich stößt Krévlokk ein kehliges Geräusch aus. „Du hast schon früher verschiedenen Herren gedient. Das sollte dir auch jetzt nicht schwerfallen", fügt Áron schnell hinzu.

„Ich hatte nie einen Herrn! Ich wurde für meine Kämpfe bezahlt!", faucht Krévlokk. „Ich werde nur so lange bleiben, wie es mir gefällt!" „Dann sind wir uns also einig!", beendet Áron schnell den Disput und dreht sich um. Verblüfft sieht Krévlokk den Elfen an, der neben ihm steht. „Er macht mich rasend!", knurrt er.

„Ich glaube, es ist für Áron genauso schwer, dich zu ertragen", flüstert ihm der Elf zu. „Denke an unser gemeinsames Ziel. Wir kämpfen doch alle für dieselbe Sache." „Und danach sollte er mir besser aus dem Weg gehen!", grummelt Krévlokk finster. Seine blutroten Augen fixieren den Kosmospriester.

Áron geht einige Schritte vor und hebt die Arme. „Zeigt euch!" Innerhalb eines Augenblicks erscheinen ringsumher lebensechte Statuen aus dunkelgrauem, verwittertem Granitgestein. Jede von ihnen hat eine andere Pose. Einige sind stolz, andere sehen nachdenklich oder traurig aus. Sie waren einmal Menschen oder Elfen.

Einige tragen Rüstungen und sind bewaffnet, die meisten jedoch tragen unterschiedliche, prächtige Roben und haben große Stäbe in der Hand.

Einen von ihnen erkennt der Elf wieder. Es ist Ohldamár! Er nimmt eine deutlich gelassenere Pose ein, als auf seinem Portrait in seiner Akademie, und sein Aussehen ist das eines Elfen, doch die Gesichtszüge und die Augen sind dieselben. „Du bist der wahre Ohldamár!", spricht der Elf bestimmt zu der Statue. ,Ja, dies war mein Name, als ich damals die Menschen von Thiríst lehrte, die vergessenen Künste zu erhalten, Taladán', erklingt leise eine Stimme in seinem Kopf. ,Sie sollten deinen Seelenzauber weiter erforschen und ihn dich schließlich lehren. Mein eigentlicher Name ist Gúndu.'

„Warum nennt man mich hier Taladán?", flüstert der Elf. ,Es ist der älteste aller deiner Namen.' Plötzlich löst sich der Stab aus der Hand des Elfen. Er schwebt ein Stück auf Gúndu zu. ,Ich sehe, du hast meinen Stab erhalten. Und er hat große Kraft angesammelt. Das ist gut.' Der Stab aus Geisterbaumholz kehrt zum Elfen zurück.

Krévlokk sieht sich gelassen um. Auch er scheint einige der *Steinernen Weisen* zu kennen. Seine Stimmung hat sich sichtlich gebessert. Spöttisch lächelt er die eine oder andere Statue an. Áron dreht sich wieder um und spricht in ruhigem Ton: „Dies sind die *Steinernen Weisen*. Sie bewahren das Wissen aus alter Zeit und streben nach dem Gleichgewicht der Urkräfte, damit Wígreda weiter bestehen kann." Áron deutet auf den grau wabernden Himmel. „Dass dieser Kampf fast verloren ist, kann jetzt jeder erkennen." Er tritt zur Seite. „Nun soll die einzige Zeugin der letzten Geschehnisse berichten."

An dieser Stelle begegne ich Taladán aus seiner Sicht zum ersten Mal. Nun können wir uns gemeinsam Adánada und dem drohenden Ende von Wígreda stellen.

Erwartungsvoll sehen sich Krévlokk und der Elf um. Da erscheint im Zentrum der Vertiefung eine wunderbar schimmernde Gestalt. Sie ist größer als ein Mensch oder Elf und leuchtet in einem strahlenden Weiß. Es ist eine Frau. Zumindest sieht sie einer Frau ähnlich. Sie hat langes, fließendes Haar, das wie Perlen glänzt.

Man erkennt nicht, wo das Haar endet und das ebenfalls perlfarbene Gewand beginnt. Auch das makellose Gesicht und die zarten Hände heben sich kaum ab. Sie ist ganz unwirklich.

Ihr zartes, gesenktes Gesicht, das Sorge und Verzweiflung ausdrückt, ist nicht leicht zu erkennen. Es strahlt wie alles an ihr in einem reinem, gleißendem Licht. Die Augen sind noch geschlossen. Geschmeidig und übergangslos sieht man ihr Haupt einmal aus der einen, einmal aus der anderen Perspektive. Schließlich erhebt sie es und öffnet die traurigen Augen, die ganz im reinen Gold einer warmen Abendsonne glühen.

„Ich bin Landére", strömt es sanft und einnehmend auf die Zuhörer herab. Diese stehen gebannt und regungslos da. Sie muss eine Göttin sein! „Hört von dem Unglück, das über Wígreda hereinbrach. Adánada, der Vollkommene, forderte ein weiteres Mal kühn den König der Götter heraus. Doch diesmal kannte er meine heilige, unfehlbare Falkenlanze und verwirrte deshalb meinen Geist mit Trugbildern, sodass ich sie auf den falschen Kämpfer schleuderte." Sie schließt die Augen und senkt das Haupt. „Ich tötete den ahnungslosen König der Götter und Adánada siegte." Die Gestalt verschwindet in einem hellen Schimmern.

Geblendet von der göttlichen Erscheinung Landéres, müssen sich die Augen des jungen Elfen erst wieder an das allgegenwärtige Halbdunkel gewöhnen. Krévlokk findet zuerst zu sich zurück.

„Ja, genau das ist der Adánada, den ich kenne!", triumphiert er mit genüsslichem Lächeln. „Ich hoffe, du wirst auch noch lachen, wenn dir Adánada gegenübersteht!", ruft Áron wütend. „Gebt mir die richtige Waffe und zeigt mir, wo er jetzt ist!", erwidert Krévlokk ruhig, noch immer lächelnd. Áron setzt fort: „Adánada musste, gemäß dem ewigen Gesetz der Urkräfte, Himmelsschwert und Drachenschild zurücklassen, als er im Zentrum von Wígreda von den Urkräften empfangen wurde, um sich zum neuen König der Götter weihen zu lassen. Er hat sie dem alten Drachen Trókar zur Bewachung überlassen. Von ihm müssen wir sie holen, bevor Adánada zurückkehrt. Dann wird sie der würdigste Krieger gegen ihn ins Feld führen. Wir werden sehen, ob du das sein wirst!" Krévlokk sieht ihm unbeirrt finster lächelnd in die Augen.

Trókar ist einer der ältesten Drachen der bekannten Welt. Der Elf kennt ihn aus Erzählungen und auch in Mórak war er in einigen steinernen Reliefen dargestellt. Selbst im großen schwarzen Raum der Akademie war Trókar in einem Teilstück des großen Goldornaments abgebildet. Sein Name wird in zahllosen Sagen und Legenden erwähnt und ist bei den meisten Völkern bekannt.

Die großen Gelehrten vermuten, dass der Drache sich irgendwo in den Trollbergen sehr weit im Norden aufhält. Über sein Aussehen gibt es keine einheitliche Meinung. In den Beschreibungen reicht die Farbe seiner Schuppen von hellgrün bis tiefschwarz, seine Größe von der eines großen Pferdes bis hin zu baumhoch. Die Anzahl seiner Köpfe wird auf bis zu neun beziffert. Der alte Trókar ist überall ein Inbegriff von großer Macht und Weisheit. Er ist sicherlich nicht freiwillig zum Wächter der Götterwaffen geworden. Adánada hat ihn zweifellos dazu gezwungen.

„Was ist mit der Falkenlanze? Wenn ich es richtig verstanden habe, haben die Götter Adánada schon beim ersten Mal mit ihr getötet", fragt der Elf zögernd. Áron wendet den strengen Blick von Krévlokk ab und antwortet dem Elfen freundlich: „Soweit wir wissen, hat Adánada die Falkenlanze vernichtet. Und du hast recht. Seine Schlacht gegen die Páladine verlief offenbar nicht ganz so, wie sie es in Erinnerung hatten. Adánada hat sicherlich ihr Gedächtnis verändert, um uns zu täuschen."

„Oder es war der alte König der Götter selbst, um seine Unfähigkeit, Adánada allein zu besiegen, vor seinen ebenso unfähigen Sklaven zu verbergen!", wirft Krévlokk zischend ein. Áron funkelt ihn wütend an.

„Wir werden es nie erfahren!", fährt er den *Dunklen Krieger* an. Dann wendet er sich wieder dem Elfen zu. „Du musst dich jetzt auf deine Aufgabe vorbereiten. Die *Steinernen Weisen* werden dir nun dein früheres Leben wieder bewusst machen, wie sie es schon einige Male bei mir getan haben. Danach wirst du alles verstehen. Währenddessen werde ich zu Trókar gehen und mit ihm über die Götterwaffen verhandeln."

„Ha! Du allein?", höhnt Krévlokk. „Nein! Herrin Landére wird mich begleiten und direkt zu ihm bringen!", erwidert Áron scharf. Krévlokk ist verblüfft. Soviel göttliche Hilfe hätte er von ihr nicht erwartet.

„Dann soll sie auch mich mitnehmen. Ich kenne Trókar und er kennt mich. Wir hatten schon miteinander zu tun. Ich werde bei ihm sicher mehr erreichen als du." Áron schnappt nach Luft vor Wut, doch bevor er antworten kann, erklingt die sanfte Stimme Landéres von irgendwoher.

„Lass es gut sein, Áron. Ich habe das Gefühl, dass wir ihn noch brauchen werden." „So sei es denn", stimmt Áron resignierend zu. „Du weißt viel mehr als jeder von uns, Göttin." Áron und der triumphierend lächelnde Krévlokk verschwinden in einem hellen Schimmern. Ein plötzlich aufkommender Wind lässt die Baumwipfel sich wiegen.

Kapitel 11

Erinnerungen der Seele

Der Elf sitzt alleine im Kreis der *Steinernen Weisen*. ‚Jetzt ist es an der Zeit, dir dein altes Gedächtnis zurückzugeben', hört er wieder Gúndus Stimme in seinem Kopf. Sie ist wie der Geist des *Steinernen Weisen*. Klar und rein wie ein Bergkristall – aber auch genauso tot. Er hat sein elfisches Wesen geopfert, um ihn nun mehr über seinen Seelenzauber zu lehren. ‚Du hast recht, Taladán. Ich bin nicht mehr das, was ich einmal war. Aber mein Leben als Elf zu beenden war notwendig, um es dir zu ermöglichen, deinen Weg zu vollenden.' Traurig sieht der Elf in das nachdenkliche Steingesicht Gúndus. Dann überfällt ihn eine plötzliche Angst. Wie wird der Weg aussehen, der für ihn vorgesehen ist? Was wird ihm abverlangt werden, wenn andere schon solche Opfer bringen?

‚Hab keine Angst, Taladán. Bald wirst du verstehen und mit den vielen Erinnerungen auch die große Tapferkeit deines früheren Lebens wiedererlangen. Und sorge dich bitte nicht um mich. Ich wusste genau, was ich damit aufgebe. Es ist zwar nicht leicht für mich, mein altes Wesen nachzuvollziehen, so wie ich jetzt bin. Aber sobald unsere Aufgabe hier erfüllt ist, kann ich diese steinerne Existenz aufgeben und wieder werden, was ich war und sein sollte.' Der Elf sieht ihn weiter traurig an. ‚Nun lege dich hin und schließe die Augen. Die Erinnerungen deines früheren Lebens, die du selbst in deinen Stirnring übertragen hast, sollen jetzt ganz auf dich übergehen. Wir werden auch einen Teil deines alten Ichs wiederbeleben. Denn Seelen vergessen ihre früheren Leben niemals ganz.' Entspannt setzt sich der Elf hin, breitet die Arme aus und lässt sich rücklings auf den weichen Waldboden fallen. Mit einem tiefen Atemzug schließt er die Augen und erwartet, was nun kommen mag. Er erschrickt, als in ihm ein Gefühl aufkommt, das er schon zu Beginn der Analyse durch den alten Großmeister in Thiríst hatte. Die *Steinernen Weisen* lassen ihre Kräfte auf ihn wirken. Aber sie suchen nur behutsam nach den Relikten seines früheren Lebens und versuchen nicht, in seinen Geist einzudringen. Es entstehen undeutliche Bilder in seinem Kopf. Es müssen Erinnerungen seines vorigen Lebens sein. Er sieht sie mit den Augen seines alten Ichs.

Aber sie ergeben noch keinen Sinn. ‚In den nächsten Tagen wird dir alles in Träumen und Visionen klar werden. Du wirst wieder wissen, wer du warst und damit auch, wer du jetzt bist‘, hört er Gúndu in seinem Kopf. ‚Schlafe nun. Du brauchst Zeit, um alles zu verstehen.‘ Er schläft sofort ein. Die sanfte Stimme Gúndus erinnert ihn an die Geborgenheit, die ihm früher die Elfen von Silváhedon gaben. Damals war er nie allein.

Intensiv drängen sich unbekannte Träume in seinen Geist. Seine Seele erinnert sich. Er sieht Páladine in ihren glänzenden Rüstungen. Auch er trägt eine solche Rüstung. Er ist einer von ihnen. Sein Name ist Dyrán. Er ist einer der Lords der Páladine. Er sieht Gúndu und Návayot, den Seher. Wie jung sie noch sind! Er erkennt auch einige der Gesichter der anderen *Steinernen Weisen* wieder. Doch dann verschwimmen die Bilder.

Es ist die Schlacht mit Adánada! Hunderte Páladine warten stumm auf den Zerstörer des Gleichgewichts. Da erscheint er aus dem Nichts. Die Páladine stürzen sich auf ihn, doch jeder, der sich ihm nähert, wird augenblicklich niedergemacht. Keine Klinge erreicht ihn. Da greift der alte Götterkönig ein. Wie in der Vision des Stirnringes bezwingt er den ungestümen Adánada schnell und überlegen. Wieder verschwimmen die Bilder. Die wenigen Überlebenden der Schlacht stehen an den frischen Gräbern der so sinnlos gefallenen Kameraden. Er fühlt die Furcht vor Adánadas Rückkehr. Er erkennt sie auch in den Augen seiner Freunde.

Er erwacht schweißgebadet. Heftig gehen seine Atemzüge. Es war wie ein Albtraum. Und doch muss das alles so geschehen sein. ‚Beruhige dich, Taladán! Ich weiß, die alten Erinnerungen sind grausam.‘ Der Elf sieht Gúndus Statue an. „Ich sah die Schlacht gegen Adánada. Ich hatte schon vorher Visionen davon, aber sie waren nie so wirklich.“ ‚Welche Schlacht gegen Adánada hast du gesehen? Du hast seit seiner Weihe zweimal gegen ihn gekämpft.‘ Der Elf stutzt. „Mein Name war Dyrán.“ ‚Dann hast du die letzte Schlacht gesehen.‘ „Erzähle mir von der anderen Schlacht, bitte.“ ‚Kurz nach dem Ende des *Alten Reiches* haben sich die meisten Magierschulen gegen Adánada verbündet, als sie von seiner unfassbaren Weihe zum Chaospriester erfuhren. Áron war damals der Großmeister der Akademie der Kontrolle der durchdringenden Kraft.

Sie war zu dieser Zeit die einflussreichste der Magierakademien und hatte sich unter Árons starker Führung das Ziel gesetzt, Adánada mit magischen Kräften zu töten und seinen Geist dauerhaft zu binden.‘

‚Áron hatte sich in diesem Leben zum Kosmospriester weihen lassen, um so das gestörte Gleichgewicht der Urkräfte etwas auszugleichen. Mithilfe der Urkraft Kosmos und der Allianz der Magier, so hoffte er, würde er stark genug sein, sein Ziel zu erreichen. Du warst damals sein enger Vertrauter, der ihm regelmäßig alte Schriften für seine magische Forschung besorgte. Einmal fiel dir ein Brief Adánadas an einen seiner Spione in die Hände, in dem er über die Möglichkeit spekulierte, dass Áron seine größere Macht als Kosmospriester dazu einsetzen könnte, weitaus mächtigere Zauber zu kontrollieren. Er müsse ihn dann sofort benachrichtigen, sobald dies geschehe. Du übergabst Áron den Brief, und dieser ersann einen Zauber, der sich auf die Kontrolle durch die Urkraft Kosmos stützte. Der neue Zauber übertraf alle bisher bekannten Zauber um ein Vielfaches an Zerstörungskraft. Áron war zuversichtlich, dass er nun die richtige Waffe gegen den *Ersten Geist* in der Hand hatte.

Er jagte Adánada und stellte ihn schließlich auf der weiten Ebene südlich der Trollberge. Alle Akademien hatten den Großteil ihrer Magier entsandt, um Áron in dieser Schlacht zu unterstützen. Du warst auch dabei. Doch zu ihrer Verwunderung war Adánada fast allein und die letzten seiner Anhänger flohen rasch angesichts der vielen Magier.'

‚Als Adánada sich dann den ersten Angriffen erfolgreich widersetzen konnte, ließ Áron alle Magier ihre Kräfte auf ihn bündeln und wirkte seinen neuen Zauber, um Adánada zu töten. Doch während Áron die Kräfte der Magier sammelte, verdunkelte sich kurz die Sonne und ihm entglitt die Kontrolle. Die gewaltigen magischen Kräfte entluden sich daraufhin blitzartig in einer gigantischen Explosion, welche sämtliche Magier und Adánada augenblicklich auslöschte. Nichts entkam der großen Zerstörung. An der Stelle, an der es geschah, erstreckt sich heute eine leblose, schwarze Aschewüste, genannt die Frevelwüste. Auch noch in größter Entfernung sah man damals den Lichtblitz der Explosion und fühlte die Erde erbeben.

Wir müssen annehmen, dass Adánada diese Sonnenfinsternis in einer der Nächte zuvor heraufbeschworen hatte. Den Zeitpunkt der letzten großen Schlacht konnte er durch genau berechnete Rückzüge darauf abstimmen.'

Der Elf schweigt erschrocken. Nach einer Weile fragt er: „Also hat diese Schlacht niemand gewonnen?"

‚Adánada wurde mit seinem gesamten Wissen wiedergeboren. Und auch Áron kehrte bald zurück und die *Steinernen Weisen* gaben ihm seine Erinnerungen wieder, doch die Akademien erholten sich nie wieder von dem Verlust all der vielen Magier. Viele Akademien schlossen kurz darauf ihre Pforten für immer. Unschätzbares Wissen ging damals verloren und die Ordnung in der Welt nahm stark ab. Es hat vielleicht niemand gewonnen, aber wir haben sehr viel verloren.‘

„Was geschah danach?" ‚Áron wurde in seinem nächsten Leben ein Hohepriester des Kosmos und gründete den Orden der Páladine. Sie sind große Krieger der Menschen, die dem Kosmos dienen. Einige Elfen sind auch in ihren Reihen. Die Schlachtengesänge der Páladine sind legendär. Wie Barden verstehen sie es, mit ihrem Gesang eine starke Magie zu wirken, die ihnen im Kampf Mut, Schutz oder Heilung verleiht. Geführt wird der Orden von den Lords der Páladine, die sie aus ihren Reihen bestimmen. Zusammen mit den Kosmospriestern und den Magiern bekämpfen die Páladine den großen Adánada. Und tatsächlich besiegten sie damals einige Male den *Ersten Geist* mithilfe der heiligen Waffen, die ihnen die Kosmospriester weihten.

Heilige Waffen bewirken bei jedem Wesen, das sie verletzen, den sofortigen Tod und die Wiedergeburt der Seele. Doch auch dies brachte Wígreda nur einen kurzen Aufschub, denn nach jeweils etwa 20 Wintern kehrte Adánada zurück und er hatte dazugelernt. Es wurde immer schwieriger, ihn zu bezwingen, und die Opfer, die dafür gebracht werden mussten, wurden immer größer. Schließlich schuf er sich den perfekten Körper für den Kampf, den du in deinen Visionen und Träumen gesehen hast. Keine Waffe konnte ihn mehr treffen, bis er von Landéres Falkenlanze überrascht wurde. Diese Lanze verfehlt nie ihr Ziel.‘ „Und so hat er dafür gesorgt, dass nicht er das Ziel war, im letzten Kampf gegen den alten Götterkönig", setzt der Elf traurig fort.

‚Ja. Direkt nach seinem Sieg vernichtete er die Falkenlanze, nahm den Drachenschild und das Himmelsschwert an sich und eilte zum Zentrum von Wígreda. Vorher allerdings verwandelte er den Himmel in das, was du jetzt über dir siehst. Er entzog ihm mit dem Himmelsschwert die Energien, die ihm seine Ordnung geben. Ohne sie hat der Himmel keine Struktur, keine Sonne und keinen Mond. Die Kräfte des Himmels fließen ineinander und Wígreda ist dem schutzlos ausgeliefert.‘

‚Doch nun iss und trinke etwas von dem, was wir dir bereitet haben.'
Der junge Elf folgt dieser Einladung gerne. Beim Essen denkt er über die
Schlacht der vielen Magier nach. Immer wieder drängen sich die uralten
Erinnerungsfetzen kraftvoll in sein Bewusstsein. Langsam setzen sie sich
zu Bildern zusammen.

Er erinnert sich an Hunderte von Magiern, die in verschiedenfarbigen
Gewändern und auf Pferden reitend in die Schlacht ziehen. Sie alle
folgen Großmeister Pártin, der ihnen auf einem prächtigen, weißen Pferd
vorausgaloppiert. Das Symbol des Kosmos leuchtet auf seiner Stirn.

Sie jagen Adánada mit der Tapferkeit der Verzweiflung und voller
Vertrauen in ihre Kräfte und die des Kosmos. Der Großmeister ist in eine
goldbestickte, schneeweiße Robe gekleidet und trägt ein großes goldenes
Sonnenamulett um den Hals. Es strahlt in der gleißenden Mittagssonne.

Dieses Gleißen lässt seine Gedanken abschweifen. Ein anderes Bild
drängt sich auf. Er steht am Ufer eines großen grünen Sees. Es muss der
Kristallsee sein. Er ist sehr traurig. In der Ferne sieht man gewaltige
Rauchwolken aufsteigen. In der Mitte des Sees ist auch ein Gleißen. Die
untergehende Sonne spiegelt und bricht sich in etwas sehr Großem.

Es ist ein prächtiges Schloss aus Kristall mit vielen schlanken Türmen
und kunstvollen Zinnen. Doch es versinkt langsam in den Fluten. Das ist
das Ende. Der Feind hat die innere Mauer überwunden. Der erste Kaiser
war gezwungen zu fliehen, und das Kristallschloss kehrt nun auf den
Seegrund zurück.

„Ich erinnere mich jetzt an ein Schloss aus Kristall, das im Kristallsee
versinkt. Wann war das?", fragt der Elf. ‚Das muss das Ende des *Alten
Reiches* sein. Ich wusste nicht, dass du in einem früheren Leben dabei
warst. Das Schloss des *Alten Seekönigs* war das erhabene Zentrum des
Alten Reiches und die Residenz des erste Kaisers. Mehrere Wehrmauern
umschlossen den Kristallsee damals und verknüpften die zahlreichen
Festungen und Wachtürme miteinander. Heute stehen von denen nur
noch Mórak und Krévlokks Turm. Damals schlossen sich verschiedene
wilde Stämme der Orks und Trolle zusammen und machten dem *Alten
Reich* ein Ende. Thiríst wurde in jener Zeit von Flüchtlingen gegründet.

Die Gelehrten vermuteten damals, dass diese unerwartete Allianz die
erste Großtat des chaosgeweihten *Ersten Geistes* war, um die Ordnung in
der Welt zu mindern und damit die Urkraft Kosmos zu schwächen.'

Voller Sorgen starrt der Elf in den unwirklich bewegten, grauen Himmel. Er liegt noch immer auf dem weichen Waldboden. Er ist so müde. Doch selbst im Schlaf kommen die intensiven Bilder der Vergangenheit und bedrücken ihn. Der graue Himmel wälzt sich unaufhörlich in sich selbst. Beinahe so wie die Wolken in seinem Albtraum kurz vor der *Langen Nacht* erscheint er ihm nun. Die stummen Blitze leuchten jetzt bizarr in vielen Farben und bilden manchmal seltsame Figuren. Oder bildet er sich das nur ein?

Ein schrilles Pfeifen reißt ihn aus seinen Gedanken. In Panik springt er auf und stößt einen entsetzten Schrei aus.

‚Taladán! Hab' keine Angst! Hier kann dir nichts passieren', hört er Gúndu beschwichtigend in seinem Geist sprechen. Dann hört er schon die Regentropfen herunterzischen. Doch sie berühren ihn nicht. Er blickt vorsichtig nach oben und sieht sie auf sich zu rasen, doch kurz bevor sie ihn erreichen, werden sie auf das Gebiet knapp außerhalb der Erdmulde abgelenkt. Wieder hört er Tausende Tiere laut aufschreien und sieht Tausende Pflanzen sterben. Er kauert sich elend auf dem kargen Boden zusammen und hält sich die Ohren zu.

Lange Tage vergehen. Der Geist des Elfen wandert zwischen den Erinnerungen an große Schlachten der Vergangenheit und der ebenso grausamen Gegenwart. Die Visionen und Träume sind jetzt vornehmlich aus den letzten Jahren Lord Dyráns. Die Magier und Philosophen des Rates der *Steinernen Weisen* und der Páladine suchen den richtigen Weg, Adánada schnell und endgültig zu besiegen. Viele dunkle Geheimnisse über Wígreda und die beiden Urkräfte werden zusammengetragen und erforscht. Die elementarsten Wahrheiten müssen genutzt werden, um einen Geist, den *Ersten Geist*, davon abzuhalten, immer wiederzukehren. Eine ständige Gefangenschaft wäre nicht sicher. Er würde irgendwann in einem Augenblick der Schwäche entkommen.

Schließlich fand der Rat eine Möglichkeit. Man kann einen Geist ganz und gar aus Wígreda verbannen. Doch dazu muss der Geist eines noch lebenden Wesens den anderen Geist vollständig in sich aufnehmen. Wie sollte man Adánadas Geist dazu bringen, sich aufnehmen zu lassen? Auch er kennt sicher dieses alte Geheimnis und wird sich nicht selbst in Gefahr bringen. So kam der Rat auf die Spur einer beinahe unbekannten Magie, die es dem Zauberer erlaubt, den Geist von seinem lebenden

Körper zu trennen. Es war nicht der ursprüngliche Sinn des Zaubers, einen anderen Geist in seinen eigenen aufzunehmen, doch er würde es einem Lebenden ermöglichen, dies gegen den Willen des Geistes zu tun. Es würde eine lange Zeit des Lernens benötigen, um den Zauber gut genug zu beherrschen. Lord Dyrán selbst würde den Zauber ausführen, denn er zeigte bereits damals ein besonderes Talent für ihn. So gehen Gúndu, in den Menschen Ohldamár verwandelt, zu den Menschen von Thiríst und Návayot zu den Elfen von Silváhedon.

Andere Ratsmitglieder gehen zu anderen Orten. Jeder hat seine Aufgabe. Er selbst lernt den komplizierten Zauber viele Winter lang und brennt ihn sich in die Seele. Schließlich kann er seiner übermächtigen Müdigkeit nachgeben und endlich sterben. Sein kommendes Leben ist schon jetzt mit Verantwortung überladen. Allerdings wird er auch wieder den frischen Geist eines jungen Wesens haben, um sie zu tragen – falls nur die Vorbereitungen gelingen und er von seiner selbst gewählten Aufgabe erfährt und sie annimmt.

Der Elf erwacht aus einem langen, eindrucksvollen Traum. Er öffnet die müden Augen und erhebt sich. Seine Bewegungen sind ihm seltsam ungewohnt. ‚Wer bist du?‘, fragt Gúndu.

„Ich bin“, antwortet Taladán schnell, doch dann hält er inne, denn selbst seine Stimme ist ihm so merkwürdig fremd. Es ist, als wäre er nicht mehr er selbst. Er macht eine Pause und senkt kurz den Blick.

Dann sieht er Gúndu wieder an und sagt irritiert: „Nein, ich war Lord Dyrán.“ ‚Ja.‘ „Nun bin ich der Freund-der-Winde. So hat mich einmal ein Freund genannt.“ Traurig sieht er zu Boden. Dann blickt er plötzlich wieder auf und fügt mit sicherer Stimme hinzu: „Doch das war eine andere Zeit. Taladán ist mein ältester Name, mein *Wahrer Name*, und so soll man mich jetzt wieder nennen.“

‚So ist es, du bist Taladán, der große *Dritte Geist*, der Wandler. Die Erinnerung ist zurück. Ruhe dich nun aus, Taladán. Morgen lehren wir dich alles, was du über deinen Seelenzauber noch wissen musst.‘

Der Elf nickt kurz. Neue Gedanken bewegen ihn und alte. Sie lassen ihn nicht zur Ruhe kommen. Doch irgendwann hat sein Geist die Stille des Ortes angenommen und seine Gedanken durchstreifen wieder die endlosen Wälder und Auen des Titanenwaldes im Sommer. Sie kommen ihm nun vor, wie die Visionen und Träume aus einem früheren Leben.

Kapitel 12

Im Zentrum

Am nächsten Tag erwacht der Elf mit dem beklemmenden Gefühl einer großen Anspannung. Im Traum war er der Wirklichkeit weit voraus und hat den kritischen Moment bereits gefühlt, der alles entscheidet – und das drohende Verhängnis, falls er versagen sollte. Dieses Gefühl lastet noch auf ihm, als er sich wäscht und mit der Nahrung stärkt, die ihm die *Steinernen Weisen* bereitet haben. ‚Lass uns beginnen, Taladán. Meine Schüler in Thiríst haben dich schon viel gelehrt. Wir werden nur noch wenig Zeit brauchen, bis du bereit bist.'

Der Elf denkt an Fayádos und die viele Zeit, die er mit ihm verbracht hat, um seinen Seelenzauber besser kennenzulernen. ‚Ja, Fayádos ist ein ausgezeichneter Lehrer.' Der Elf blickt auf. „Weißt du, ob er den großen Kampf vor Mórak überlebt hat?" ‚Er hat überlebt und es geht ihm gut. Beschwöre seine Kräfte, wenn du sie brauchst. Er wird sie dir sicher nicht verweigern.' Mit einem kurzen Lächeln der Erleichterung und des Glücks legt er sich wieder auf den Waldboden und gibt sich den Visionen hin, die ihm seine Lehrmeister schicken. Sie zeigen ihm in seinem Geist seinen Seelenzauber auf die eine und auf die andere Weise und lassen ihn fühlen, wie er seine Wirkung am besten entfalten kann. Danach wirkt er ihn selbst und seine Lehrmeister prüfen seine Kontrolle über ihn. Schließlich erprobt er den letzten Schritt der Zauberwirkung, den er am Ende vollbringen muss. Dann kann er sich ausruhen.

Nach einer Weile richtet er sich wieder auf und fragt. „Gúndu, warum habt ihr die Magier getäuscht? War es notwendig, sie so auszunutzen?" ‚Glaube mir, es war nicht leicht für uns. Der große Zauber verwendet alle Elemente in gleichem Maße und es bedarf Hunderte von Wintern der Forschung, das fragile Gleichgewicht zwischen ihnen herzustellen. Für jedes der fünf Elemente des Zaubers muss es einen Meister geben, der sich darauf spezialisiert hat. Nur Menschen sind dazu fähig, sich so stark auf ein Element zu konzentrieren. Es waren genug Elementaristen unter uns, um diese Arbeit zu leisten, doch ihre Lebenszeit war zu kurz für diese Aufgabe und so verwandelten sie ihre Körper in Statuen, um ihre Arbeit fortsetzen zu können.

Leider bringt es ein Körper aus Stein mit sich, dass er zwar nichts mehr vergisst, aber auch nie wieder Neues erlernen oder erforschen kann. Die Gedanken fließen nur ewig in denselben Bahnen und entwickeln sich nicht weiter. Wir brauchten also Menschenmagier, die über viele Winter hinweg an einem großen Zauber arbeiteten. Die Idee mit der Akademie kam sogar von dir selbst. Ich führte sie aus und die Akademie erfüllte ihren Zweck. In gewisser Hinsicht bist du ihr Gründer und wir werden den Magiern unserer Akademie alles erzählen, sobald du deine große Aufgabe erfüllt hast. Ihre Rolle im großen Krieg wird bekannt werden und sie werden ihre verdiente Anerkennung dafür bekommen.

Die Magier werden uns sicher verzeihen und stolz auf sich sein. Das entspricht dem menschlichen Wesen.' „Ich verstehe", erwidert der Elf. ‚Schlafe jetzt, Taladán. Sammle wieder neue Kräfte.' Er lässt sich langsam auf dem weichen Waldboden nieder und schläft sofort ein.

‚So müde, so traurig. Der junge Elf ist nicht mehr jung. Taladáns Seele hat bald ihre ganze Kraft verloren. Nicht mehr lange und sie wird sich auflösen. Wisst ihr, was ihr ihm antut, Gúndu?' ‚Ja, Landére. Und Dyrán wusste es auch. Wir haben leider keine andere Wahl. Er selbst hat vieles von dem geplant, was bisher geschah und geschehen musste, damit das Ende von Wígreda noch abgewendet werden kann. Jetzt kennt er seinen Weg und er will ihn gehen. Dieser Entschluss und dieses Versprechen sind schon uralt. Aber erst jetzt, wo sein Mut und seine Erinnerung wieder zu ihm zurückgekehrt sind, kann er den Plan verwirklichen.'

Als der Elf irgendwann später erwacht, sind Krévlokk und Áron wieder zurück. Es stehen zwei große schmutzige Kästen aus einem groben, dunklen Metall in der Nähe. Áron scheint mit den *Steinernen Weisen* zu reden. Der *Dunkle Krieger* leckt gerade Blut von einem rostigen Schwert. Es hat offensichtlich einen Kampf gegeben. Der Ausgang der Schlacht ist klar. Krévlokk blickt kurz auf und lächelt den jungen Elfen vielsagend an, bevor seine lange, dunkle Zunge ihr Werk fortsetzt. Taladán schüttelt nur angewidert den Kopf. Der *Dunkle Krieger* lächelt wieder und schließt genüsslich die Augen. Áron wendet sich um und geht auf den Elfen zu.

„Taladán! Ich höre, du bist schon bereit für deine Aufgabe?", fragt er eilig. „Ist es denn so weit?", fragt dieser unsicher. Áron macht eine schnelle Geste gen Himmel.

„Jeden Tag wächst die Gefahr, dass unsere Welt nie wieder die gewohnte Form annehmen kann. Außerdem erwartet Landére die Rückkehr des *Ersten Geistes* schon sehr bald." Taladán nickt. Er erhebt sich.

„Also müssen wir bald ins Zentrum von Wígreda, um ihn zu stellen. Sind die Götterwaffen in diesen Kisten?" Áron nickt lächelnd. „Trókar hat sie uns überlassen."

„Erzähl' ihm von der Prophezeiung!", ruft Krévlokk fordernd herüber. Er wirft das Schwert fort und kommt gelassen lächelnd auf die beiden zu. Árons Gesichtszüge verhärten sich, dann aber fährt er freundlich fort: „Der alte Drache glaubt fest an den Orakelspruch eines sicher längst toten Propheten, nach dem es nur einem gehörnten Wesen gelingen kann, den chaosgeweihten Adánada endgültig zu besiegen."

„Und warum hat Trókar also uns die Götterwaffen überlassen, stolzer Krieger?", fragt Krévlokk triumphierend. Dann beugt er sich weit vor und zischt den beiden mit leuchtend roten Augen zu: „Er wusste, dass nur ich allein ihn besiegen kann! Denn ich bin der einzige Gehörnte hier!" „Er wusste, dass es selbst für ihn keinen Platz in einer Welt gibt, in der Adánada und durch ihn das Chaos herrscht!", schreit Áron dem *Dunklen Krieger* wutentbrannt entgegen. Taladán zuckt zusammen. Die plötzliche Aggression lässt ihn erstarren. Der alte Mann ist in seinem Zorn nicht weniger energisch als Krévlokk. Diesem vergeht das Grinsen und für einen Augenblick scheint es so, als würde sich der schwelende Brand entzünden. Doch dann lacht der *Dunkle Krieger* nur leise und dreht sich um. „Wir werden sehen!", grummelt er. Dann verlässt er die beiden mit schweren, knurrenden Atemzügen.

Taladán sieht Krévlokk hinterher. Áron legt ihm die Hände auf die Schultern und dreht ihn zu sich um. „Du hast dein Gedächtnis wieder und weißt so gut wie Trókar oder ich, dass es letztlich das Ende allen natürlichen Lebens wäre, wenn ein chaosgeweihter Götterkönig regieren würde", spricht er leise aber eindringlich zu ihm.

„Mit dem Himmelsschwert hätte Adánada die notwendige Macht, die grundlegende Ordnung von Wígreda zu zerstören. Das, was wir jetzt sehen, ist nur der Vorbote. Die Urkraft Chaos würde alles dominieren und der ewige Streit zwischen den Urkräften – und damit auch der Sinn unserer Existenz – wäre beendet. Deswegen gab der Drache uns die Götterwaffen." Taladán nickt. Áron lächelt sanft.

„So lass uns jetzt aufbrechen. Bist du bereit?" Áron sieht tief in die waldteichgrünen Augen des jungen Elfen. Taladán erwidert den Blick nur schweigend. Da erklingt sanft die Stimme Landéres: „Versuche nicht in den Augen eines Elfen zu lesen, Áron. Du könntest darin ertrinken." Áron wendet sich der Stimme zu und lächelt. Taladán blickt auch auf.

„Wir haben keine Wahl. Lasst uns gehen", sagt er leise. ‚Wir setzen unser ganzes Vertrauen in dich!', hört er Gúndu in seinem Geist. Stumm hebt der Elf die rechte Hand zum Abschiedsgruß.

Dann verschwimmt die ganze Umgebung. Er sieht die *Steinernen Weisen* rasch unter sich zurückfallen. Schneller als ein Vogel bricht er lautlos und ohne irgendetwas zu spüren durch das zerfetzte Blätterdach. Da wird es ihm klar. Dies muss der Weg sein, wie Landére sie ins Zentrum von Wígreda bringt. Es ist wie der Wind zu reisen: schnell und fast unaufhaltsam.

Schemenhaft sieht er die geschundene Landschaft in der grauen Dunkelheit unter sich hinweggleiten. Er sieht gar nichts außer der Landschaft. Nicht die anderen, nicht einmal sich selbst. Sie müssen alle in Winde verwandelt worden sein.

Schon nach kurzer Zeit werden die Waldgebiete kleiner und die Landschaft hügeliger. Dann verschwindet die Landschaft unter ihm. Alles ist schwarz. Er kann den beinahe ebenen Boden nur noch erahnen. Nichts regt sich hier. Das muss die Aschewüste sein.

Bald kommen Berge in Sicht. Sicher sind es die Trollberge im Norden, die Gúndu erwähnt hat. Doch es geht noch weiter. Die Landschaft steigt weiter an und schließlich taucht er in eine dichte Wolkendecke ein, die ihm jede Sicht nimmt.

Als er nach wenigen Augenblicken wieder daraus hervorkommt, sieht der Elf ein gewaltiges Hochplateau unter sich. Ringsumher verdecken Wolken die Sicht auf die Umgebung. Der Boden des Plateaus nähert sich. Die Windreise kommt an ihr Ende.

Sie sind nicht allein. Etwas glitzert in der Entfernung im Schein von Lagerfeuern. Dann spürt er wieder festen Boden unter seinen Füßen.

Auch Áron, Krévlokk und die beiden großen Metallkisten sind da. Ihre Ankunft bleibt nicht unbemerkt. Einige menschliche Stimmen rufen aufgeregt etwas in einer ihm unbekannten Sprache. Brennende Fackeln nähern sich.

Áron lächelt zufrieden und legt Taladán die Hand auf die Schulter. „Siehst du? Da kommen sie schon."

Mit dem hellen Schein der Fackeln kommt auch das Glitzern näher. Es stammt von Gestalten in glänzenden Rüstungen. Es sind die Páladine! „Seid uns gegrüßt, edle Páladine!", ruft Áron erfreut. „Ich bin Áron. Ich bringe euch Taladán und die Waffen des Götterkönigs!"

Die Páladine erheben freudig die Arme und begrüßen ihn jubelnd. Er geht einige Schritte vor und begrüßt den ersten Páladin, indem er ihm die Hände auf die Schultern legt. „Seid mir gegrüßt, Lord Hérostan!" Der Lord erwidert lächelnd die Geste. Er hat langes, braunes Haar und graue Augen. Er trägt die prächtige Silberrüstung der Páladine und ein ebensolches Langschwert an der Seite. „Seid mir gegrüßt, Lichtbringer!"

Áron deutet ernst auf Krévlokk. „Wir haben einen ungewöhnlichen Begleiter. Die *Steinernen Weisen* haben ihn geprüft und für glaubwürdig befunden. Er will uns helfen, Adánada zu schlagen." Der *Dunkle Krieger* steht mit beinahe geschlossenen Augen und verschränkten Armen da und schweigt. Ein ungläubiger Schrecken fährt Hérostan ins Gesicht. „Aber das ist doch ein *Dunkler Krieger*!", ruft er laut.

Der Jubel verstummt augenblicklich. Die anderen Páladine starren in die gewiesene Richtung. Áron hebt beide Hände zur Beschwichtigung. „Ja, das ist er in der Tat. Krévlokk ist sein Name und er hat Taladán geholfen, uns zu finden. Sein Wunsch, den *Ersten Geist* zu stürzen, ist aufrichtig. Selbst Landére hat sich für ihn ausgesprochen." Árons Worte können den Lord nicht besänftigen. Er fixiert noch immer die finstere Gestalt im Hintergrund. Áron beugt sich vor und flüstert ihm ins Ohr: „Glaub' mir, ich vertraue ihm auch nicht und beim ersten Anzeichen von Verrat wird er unseren ganzen Zorn zu spüren bekommen! Doch bis dahin müssen wir Geduld beweisen." Hérostan nickt nur angespannt und geht dann ein Stück auf Krévlokk zu. „Du darfst uns begleiten, doch halte dich zurück! Wir werden keinerlei Störung unserer großen Mission dulden!" Der *Dunkle Krieger* lächelt nur in seiner gewohnt aufreizenden Art.

Währenddessen ist ein Páladin, ein Elf, auf Taladán zugegangen. Seine Rüstung ist deutlich leichter gebaut als die der Menschen, und er trägt zusätzlich zum Langschwert einen Langbogen. Die Verzierungen weisen auch ihn als Lord aus.

Sein Haar ist lang und weißblond wie das von Taladán, seine Augen schimmern in hellstem Himmelblau. Taladán öffnet den Mund leicht und legt den Kopf verwundert etwas zur Seite, als er ihn sieht.

„Ich kenne dich doch", sagt er ungläubig. Der Lord lächelt glücklich. Er beugt das Knie vor Taladán und küsst seine Hand.

„Mein Lord! Du bist zurück!", flüstert er bewegt. „Steh' auf, mein Bruder!", erwidert Taladán und umarmt ihn herzlich.

„Jetzt bist du der Lord und ich sollte vor dir knien, Éresyn." Die anderen Páladine sind gerührt. Ihr elfischer Lord war einst Páladin unter Lord Dyrán vor sehr vielen Wintern. Jetzt sehen sie sich wieder.

Áron hat unterdessen die Metallkisten heranholen lassen. Hérostan und Krévlokk erwarten sichtlich ungeduldig das Öffnen.

Je zwei Páladine brechen die teilweise verformten Kisten auf. Der alte Drache aus den Trollbergen ist nicht unbedingt sorgfältig mit ihnen umgegangen. Jetzt ist der Inhalt erkennbar: der vielfach hornbewehrte, runde Drachenschild und das schlanke, in Gold und Silber gleißende Himmelsschwert! Beide sind vollkommen unversehrt und unverändert – gerade so, wie Taladán sie in Erinnerung hat. Auf der schlanken Klinge des Himmelsschwertes huscht alle paar Herzschläge einmal der edle Glanz des strahlend blauen Himmels vorüber, dessen Energie es nun enthält.

Gespannt sehen die Umstehenden, wie Áron nach dem glänzenden Schwert greift – da zuckt er plötzlich mit einem Schmerzensschrei zurück. „Was ist das?", ruft er aus. Der *Dunkle Krieger* fängt leise an zu lachen. „Adánada hat das Himmelsschwert dem Chaos geweiht! Ich kann es nicht berühren!", ruft der Kosmospriester aus.

Hérostan stürzt heran und versucht selbst das Himmelsschwert aus der Kiste zu nehmen, doch auch er muss unter großen Schmerzen von ihm ablassen.

Krévlokk lacht schallend. „Ich wusste, er würde das tun. Ich hätte es genauso getan. Jetzt sind die Götterwaffen unheilig und ihr habt nicht die Zeit, das gegen seinen Willen ungeschehen zu machen." Der *Dunkle Krieger* lässt seinem beißenden Hohn freien Lauf. Langsamen Schrittes geht er auf Áron zu und knurrt ihn spöttisch an: „Du siehst, es gibt nur einen Krieger, der würdig ist, diese mächtigen Waffen gegen Adánada zu führen."

Er geht zu den Kisten und ergreift Schwert und Schild. „Und das bin ich!" Triumphierend breitet er die Arme aus und brüllt laut: „Komm, Adánada, und stell' dich mir!"

Die Götterwaffen glänzen in den groben Klauenhänden. Das *Unstete Zeichen* funkelt auf Schwertheft und Schildmitte. „Das kann doch nicht sein!", haucht Hérostan entsetzt. „Das darf er nicht!" „Es ist so, wie es ist", murmelt der Kosmospriester niedergeschlagen. „Nun brauchen wir Krévlokk tatsächlich. Denn falls kein Krieger diese Waffen führt, wird Adánada sie sich einfach nehmen und sein Werk vollenden. Niemand könnte ihn davon abhalten."

Lord Éresyn und Taladán sprachen abseits mit den beiden Spähern und kommen gerade eilig zurück. Der elfische Lord ruft: „Áron! Unsere Späher haben Chaoskreaturen gesichtet. Sie sind auf dem Weg zu uns!"

„Die Ankunft ist nahe", sagt Áron erregt. Einen kurzen Augenblick überlegt er, dann wendet er sich an die Lords. „Haltet sie auf, solange ihr könnt, aber folgt uns nicht! Taladán, Krévlokk und ich selbst werden uns dem *Ersten Geist* weiter oben stellen. Lebt wohl! Möge das Schicksal mit uns sein!"

Hérostan läuft los, seine Páladine zu sammeln. Éresyn tauscht noch schnell einen traurigen Blick mit Taladán, dann folgt er ihm nach.

Unbemerkt von den anderen zuckt Krévlokk hin und wieder mit den Armen. Die Götterwaffen folgen dem Willen des Chaos und es kostet selbst den *Dunklen Krieger* viel seiner Kraft, um sie seinem Willen zu unterwerfen.

In brennender Hast laufen die drei ungleichen Kampfgefährten auf die zentrale Anhöhe des Plateaus zu, die zur Spitze hin ganz im dichten Nebel verschwindet. Dort soll man mit den Urkräften in Kontakt treten können. Adánada wird sicher an diesem mythischen Ort, wie schon seine Vorgänger, zum Götterkönig erhoben worden sein.

Áron und Taladán haben große Mühe, mit Krévlokk Schritt zu halten, der unbeirrt seinem Ziel entgegenstürmt. Der Weg ist steinig und nicht leicht im Laufen zu bewältigen. In ihrem Rücken hören sie die Páladine singen. Es ist das magische Lied der Tapferkeit. Es verleiht ihnen den Mut für die letzte Schlacht. Da übertönt es Kampfeslärm. Die Kreaturen des Chaos sind auf die Páladine getroffen. Es ist eiskalt. Raue Winde ziehen ihre Kreise über die spärliche Vegetation der Hochebene.

Mit eiserner Willenskraft zwingt sich der Kosmospriester zur Eile. Die Spitze im Nebel ist nur noch einen Steinwurf entfernt, da flüstert die Stimme Landéres angstvoll:

„Er ist da!" Krévlokk bleibt abrupt stehen und geht in Kampfstellung. Den Drachenschild erhoben und das Himmelsschwert schlagbereit, lässt er den Blick schnell umhergleiten. Er kennt keine Angst. Áron geht noch ein paar Schritte weiter. Er atmet schwer vor Anstrengung und seine Stirn ist schweißnass. Der Elf sieht sich angespannt um. Es ist nichts zu sehen. Nur der Kampfeslärm in ihrem Rücken ist zu hören.
Der Kosmospriester kommt langsam wieder zu Atem und richtet sich auf. „Göttin! Offenbare dich uns und zeige uns Adánada!", ruft er.

Da erscheinen zwei schimmernde Gestalten, nur wenige Schritte entfernt vor ihnen. Beide sehen aus wie Landére, die auf die jeweils andere Göttin weist. Beide erscheinen angsterfüllt. „Dort ist er!", rufen sie fast gleichzeitig. Der *Dunkle Krieger* verzieht verärgert das Gesicht. Er wollte eine offene Schlacht, keine faulen Tricks. Áron und Taladán sind bestürzt. Die beiden Göttinnen schlagen beinahe spiegelbildlich die Hände vor das Gesicht. „Oh nein!"

Der Kampfeslärm wird lauter. Einige der Verwandelten scheinen näherzukommen. „Er will Zeit gewinnen!", faucht Krévlokk. „Stell' dich mir, Feigling!" Der Kosmospriester legt die Stirn in Falten. Der Elf geht ein paar Schritte zurück und späht in Richtung der Kämpfe. Er kniet sich hin, legt den *Stab des Ohldamár* auf den Boden und macht seinen Kurzbogen schussbereit. Immer wieder sieht der Elf auf die Göttinnen zurück, die sich nur ratlos und angsterfüllt ansehen.

Schließlich hebt Áron langsam beide Arme an und ruft: „Oh ihr *Steinernen Weisen*! Leiht mir eure Kraft, denn ich stehe mit euch im Bunde!" Die Göttinnen und Taladán sehen ihn fragend an.

Krévlokk fixiert abwechselnd die schimmernden Gestalten. Keinen Moment lang lässt er sich ablenken. Er bewegt sich seitlich um sie herum, ohne sie aus den Augen zu lassen.

Áron atmet tief ein und aus. Dann deutet er mit der einen Hand auf die eine, mit der anderen auf die andere Göttin und spricht: „Eine von euch ist falsch. Zeigt jetzt eure wahre Gestalt!" Aus jeder seiner Hände schießt ein pulsierender, leuchtender Strahl, der die Göttinnen trifft. Er lässt sie scheinbar völlig unberührt.

Es ist ein starker Gegenzauber, der das Trugbild der falschen Göttin zerstören soll. Jedoch bei keiner der beiden Gestalten zeigt sich eine Änderung im Aussehen.

Plötzlich sind mehrere Flügelpaare zu hören. Unmittelbar darauf zischt ein Pfeil in diese Richtung. Man hört einen dumpfen Einschlag. Kurz darauf folgt ein weiterer Pfeil. Auch dieser trifft sein Ziel. Taladán hat die ersten beiden Verwandelten erspäht und getötet. „Sie werden bald hier sein!", ruft er aufgeregt.

Der *Dunkle Krieger* ist inzwischen einmal um die beiden Göttinnen herumgeschlichen. Áron hält seinen Gegenzauber noch immer aufrecht. Unbeirrbar starrt er dabei zwischen die Gestalten, um so beide im Auge zu behalten. Krévlokk steht jetzt direkt vor den Göttinnen. Plötzlich stößt er ihnen gleichzeitig Himmelsschwert und Drachenschild entgegen – gerade weit genug, um sie nur ganz leicht zu berühren.

Beide Göttinnen schreien laut auf vor Schmerz. Auch Landére kann die Berührung mit einer unheiligen Waffe nicht ertragen. Doch eine der Göttinnen schrie etwas zu spät. „Ha!", schreit der *Dunkle Krieger* im Zustoßen. Der angegriffene Gott weicht blitzschnell zurück. Auch Áron zögert nicht. Augenblicklich lässt er den Gegenzauber fallen. Grellweiße Strahlen brechen aus seinen Augen hervor, erfassen die falsche Göttin und schleudern sie mehrere Schritte weit zurück. Die wahre Landére erscheint hinter Áron. Der Elf legt rasch den Bogen um die Schulter und ergreift seinen Stab. Krévlokk setzt Adánada ohne Zögern nach.

Dieser erhebt sich überraschend schnell und zeigt sich nun in seiner wahren Gestalt. Sie ähnelt grob seinem Aussehen in der letzten Schlacht mit den Páladinen. Doch seine Haut ist jetzt strahlend weiß und er hat nur noch ein Paar Arme und Augen. Langes, weißes Haar und ein ebensolcher Vollbart zieren sein Haupt. Das *Unstete Zeichen* prangt auf seiner Stirn. Seine Augen leuchten in Gold, wie die Landéres. Wie zu der Zeit, als er als erstes Wesen Wígreda betrat, ist er nun wieder ein Gott. Er trägt die Rüstung des Götterkönigs. Taladán erkennt ihn sofort. Seine Augen sahen ihn nie in diesem Leben, doch seinem Geist ist er vertraut wie ein Bruder.

„Bemerkenswert. Ihr habt also Trókar davon überzeugt, mich zu verraten und mich enttarnt", spricht Adánada ruhig. Der *Dunkle Krieger* fletscht die Zähne. „Doch die Páladine versagen. Sie haben ihre letzte

Schlacht geschlagen. Der Orden ist vernichtet. Bald sind meine Diener hier und werden euch töten." Der Kampfeslärm verebbt und sie hören die Verwandelten sich schnell nähern. Áron dreht sich um, breitet die Arme aus und ruft: „Erde erhebe dich!" Ein gewaltiges Beben geht durch den Erdboden. Ringsumher stoßen Erdwälle aus dem Boden und bilden eine übermannshohe Erdpalisade um die Spitze des Plateaus. Adánada lächelt. „Wie lange wird diese Wand halten?" „Lange genug!", brüllt Krévlokk und stürmt auf den neuen Götterkönig zu, doch er prallt schon nach einem Schritt gegen eine unsichtbare Wand und taumelt ein Stück zurück. „Krévlokk." Adánada sieht mit spöttischem Lächeln auf ihn herab. „Glaubst du, dass du bereit bist, es mit mir aufzunehmen?"

Wütend drischt der *Dunkle Krieger* auf die Barriere ein, die ihn nun von Adánada trennt. Nichts würde dem Angriff des Himmelsschwertes standhalten – abgesehen von dem Drachenschild. Der Götterkönig muss die Barriere nach jedem Schlag wieder neu errichten.

Die Kampfeswut hilft Krévlokk offensichtlich, die Götterwaffen zu kontrollieren. Die ersten Kreaturen prallen auf die Erdpalisade. Ihr Lärm ist selbst hinter dem Wall ohrenbetäubend. Die Kämpfer hören, wie sie an der Palisade aus Erde und Stein kratzen und sie langsam abtragen. Adánada sieht dem allem gelassen zu.

Da geht ein schrilles Kreischen durch die Verwandelten des Chaos und ein heftiger Windstoß fegt über die Palisade. Das Schlagen eines gewaltigen Flügelpaares ist zu hören und kurz darauf das scharfe Brüllen eines Flammenstrahls, das Taladán an den Kampf der Kreaturen mit Fayádos erinnert. Aber es ist der alte Drache, der in den Kampf eingreift. Der Gestank von verbranntem Fleisch steigt auf.

Adánada verliert nun zum ersten Mal seinen Gleichmut. „Trókar!" Er steigt auf und ein leuchtender Blitz fährt aus seinen Augen. Einen Augenblick später hört man den Drachen donnernd aufbrüllen.

Das Geräusch seiner Flügelschläge entfernt sich. Kurz darauf hört man die Verwandelten ihr Werk fortsetzen. Áron dreht sich rasch um und zischt: „Bleibt alle hinter dem Drachenschild!" Taladán stellt sich ganz dicht hinter Krévlokk. Landére erscheint direkt hinter dem Elfen.

Plötzlich zuckt Taladán zusammen. Er hat etwas gehört. Es war die Stimme des Jungen aus der *Langen Nacht*! Er rief etwas wie: „Hier, Meister!"

Kurz darauf kehrt Adánada zurück. In beiden Händen trägt er nun eine tiefrot leuchtende, schlanke Klinge. Der Junge führt die Kreaturen an! Dann hat er Fayádos' Feuer überlebt! Oder ist es jetzt sein Zwilling?

„Endlich!", schreit der *Dunkle Krieger* ekstatisch, als sich der neue Götterkönig auf ihn herabstürzt. Schon prallen die unheiligen Waffen aufeinander. Rasant folgt Schlag auf Schlag. Keiner der Kämpfer zeigt eine Schwäche oder Ermüdung. Krévlokk kämpft wie im Wahn.

Adánada wirkt tatsächlich erstaunt, wie lange ihm der *Dunkle Krieger* widerstehen kann. Die große Erdwand bröckelt an zahlreichen Stellen. Unzählige Krallen und Klauen tragen sie langsam ab. Der Lärm ist unerträglich. Da nickt Áron Landére zu und spricht zu Taladán: „Leb' wohl, Wandler, und denke an deine Aufgabe!" Landére hebt die Hand und Áron schwebt einige Schritte in die Höhe. Er ist in göttlichen Glanz getaucht. Taladán sieht ihm nur fragend nach. Über den Kämpfern ruft Áron mit donnernder Stimme: „Adánada!"

Der Götterkönig entzieht sich mit einer blitzschnellen Bewegung der Reichweite Krévlokks und steigt augenblicklich auf Árons Augenhöhe an. Gespielt erstaunt sieht er ihn an.

„Betandár? Du bist doch nur der *Zweite Geist*. Wieso glaubst du, du könntest mich besiegen?" Áron funkelt ihn fanatisch an. „Ich muss dich nicht besiegen. Das wird ein anderer tun, denn ich bin nicht allein."

Adánada lächelt ihn an und sagt dann. „Ich erkenne deine Gefährten, Betandár. Ein *Dunkler Krieger*, der seine Zeit überlebt hat, eine schwache Göttin und der sehr junge Wandler, der gerade erst begonnen hat, sein Wissen und seine Persönlichkeit zurückzugewinnen. Sie alle haben nicht einmal die eigenen Dämonen besiegt. Wie könnten sie eine Gefahr für mich sein?"

Árons Gesichtszüge flackern energisch. Mühsam flüstert er zischend: „Ich nehme dir jetzt - deinen göttlichen Körper!"

Da fällt alle Überheblichkeit von Adánada ab. „Das könnte nur der Mächtigste der geheimen Zauber, und den kann unter diesem Himmel niemand kontrollieren!", faucht Adánada laut.

Plötzlich krümmt Áron sich krampfartig unter heftigen Schmerzen. „Kontrolle?", fragt der Kosmospriester röchelnd, fast lächelnd.

Da stößt der Götterkönig blitzschnell mit seinen Klingen vor. Dann herrscht plötzlich Finsternis.

Kapitel 13

Das Ende

Instinktiv wendet Éresyn seinen Blick von dem grellen Lichtblitz ab, der sich plötzlich in sein Gesichtsfeld drängt. Er kam aus der Richtung des Plateaus. Der riesige rote Bulle unter ihm schüttelt seinen gewaltigen Kopf hin und her. Sein Wutbrüllen lässt den Lord erschauern und fast von dem mächtigen, fast völlig verkohlten Baum fallen, auf den er sich geflüchtet hat. Der mächtige Bulle ist geblendet.

Éresyn nutzt seine Chance. Mit einem Satz springt er herab und lässt sich von den Ästen eines anderen Baums auffangen. Er gleitet durch die Zweige zu Boden und läuft, ohne sich noch einmal umzusehen, den Hügel herab. Seine Kleidung ist stark verbrannt und riecht furchtbar. Sein Bogen, sein Schwert und die Rüstung sind zerstört. Er rettet nur sein Leben. So gern wollte er mit den anderen Páladinen kämpfen und sterben, doch er konnte einfach nicht stehen bleiben, als der Bulle mit flammendem Atem auf ihn zu raste. Er hat sie verraten und nun ist er sich sicher, der Letzte zu sein, der übriggeblieben ist. Ziellos läuft er weiter.

Ringsumher ist alles dunkel. Krévlokk atmet schwer. Er knurrt. Dann kracht es plötzlich laut und der grau wabernde Himmel wird über ihnen sichtbar. Der Drachenschild hatte sich ganz um sie herum geschlossen und so sind die drei verschont worden. Krévlokk befreit sich aus den schwarzen Überresten des Drachenschildes.

Taladán folgt ihm nach draußen. Landére steht vor ihnen. Sie sieht besorgt in den Himmel. Um sie herum ist kein Leben mehr. Der Boden besteht nur noch aus schwarzer Asche. Es gibt keine Spur mehr von den Verwandelten oder der Erdpalisade.

Krévlokk hebt das Himmelsschwert. „Wo ist er, Landére?" Sie deutet auf den Himmel. „Dort ist sein Geist. Er quält den Geist von Áron. Seht!"

Es erscheinen zwei schemenhafte Gestalten, die miteinander kämpfen. Einer der Geister ist klar überlegen, der andere windet sich in großem Leid. Landére blickt Taladán an. Der nickt ernst. Er setzt sich etwas abseits auf dem Boden und nimmt den *Stab des Ohldamár* in die rechte Hand und das Horn des Einhorns in die linke Hand.

Krévlokk sieht sich ratlos um. „Ist das alles? Können wir nicht mehr tun?" „Hab' nur Geduld, Krévlokk. Adánada wird nicht wiederkommen, wenn Taladán es verhindern kann." „Was soll er denn machen? Ihr könnt seinen Geist nicht ewig binden!", wendet der *Dunkler Krieger* erregt ein.

„Wir setzen all unsere Hoffnung auf eine der geheimen Wahrheiten. Wenn Taladáns Opferbereitschaft groß genug ist, wird er damit Wígreda von Adánada befreien." Krévlokk sieht nachdenklich in das Gesicht des Elfen. „Was willst du tun, stolzer Krieger?" Er wendet sich Landére zu. „Warum muss er das machen? Warum kann ich das nicht?"

„Vermagst du es denn auch, deinen Geist aus deinem lebenden Körper herausbewegen?", fragt die Göttin. „Lord Dyrán hat sein halbes Leben darauf verwendet, den Seelenzauber so gut zu verinnerlichen, um dies in einem späteren Leben vollbringen zu können. Der Elf, den du hier siehst, ist seine nächste Inkarnation. Er hat wie erhofft ein gutes Gespür für den geheimen Zauber geerbt und konnte ihn bei den *Steinernen Weisen* weiter perfektionieren. Und jetzt hat er die beste Gelegenheit, ihn so anzuwenden, wie es lange geplant war. Wir folgen nun Adánadas eigenem Rat an uns. Wir verbannen ihn endgültig!"

Die Göttin blickt mitleidend auf den ungleichen Kampf der Geister. Krévlokk sieht, wie sehr es Landére schmerzt, Árons Geist unter solchen Qualen zu sehen.

„Er hat dieses Schicksal selbst in Kauf genommen, Göttin", bemerkt er gleichgültig. „Sei nicht so grausam, Krévlokk. Er hat uns alle gerettet. Und jetzt dürfen wir noch nicht einmal eingreifen", sagt sie traurig. Der *Dunkle Krieger* blickt stumm zurück auf den Kampf der Geister.

Landére wendet verzweifelt das Haupt hin und her. „Ich ertrage es nicht mehr!", flüstert sie. Dann spricht sie laut und bitter:

„Oh armer Adánada! Die Urkraft Chaos hat dir deinen freien Willen genommen. Du trägst ihr Zeichen! Deine Seele schreit vor Wut und weint vor Verzweiflung. Ich kann sie hören."

„Was wollt ihr noch hier?", haucht eine Stimme von irgendwo her. Sie klingt wie Windgeflüster. Die Schlacht der beiden Geister kommt zum Stillstand. „Keiner von euch kann mich binden oder Betandár vor meiner Wut schützen! Er tat etwas sehr Dummes und er wird noch sehr lange dafür büßen! Ihr könnt mich nicht aufhalten! Bald werde ich Wígreda beherrschen!"

Da erklingt eine andere Stimme: „Oh Fayádos! Leihe mir deine Kraft, denn ich stehe mit dir im Bunde!"

Sie klingt entfernt wie die Stimme Taladáns, doch der sitzt noch immer reglos da. Der *Stab des Ohldamár*, der Stirnring und das Horn sind zu Staub zerfallen. Sie mussten gigantische magische Kräfte aufbringen. Der ganze Körper des Elfen ist jetzt durchsichtig.

Landére sieht lächelnd in den Himmel. Sie deutet auf etwas. „Schau, Krévlokk! Dort ist Taladáns Geist!" Neben den zwei Geistern erscheint ein dritter. Landére erhebt die Arme und Taladáns Geist leuchtet auf wie ein Stern am Firmament. Von überall her sieht man ihn nun am sonst unveränderten Himmel.

Plötzlich wird der Geist Adánadas gewaltig zurückgeschleudert. Eine schimmernde Kugel bildet sich um ihn und schließt ihn ein. Adánada kämpft gegen sein Gefängnis. Doch noch kann Taladán ihn gefangen halten. Sein Gegner ist stark, aber er ist stärker.

Er ist stark wie niemals zuvor. Jetzt hält ihn kein sterblicher Körper davon ab, unfassbar große Kräfte zu bündeln. Er spürt die Kräfte von Fayádos in sich. Auch viele andere Magier des Ordens der vergessenen Künste leiten ihre magischen Kräfte über Fayádos an ihn. Aber das ist noch nicht alles. Er fühlt die Kräfte unzähliger Wesen, die ihre ganze Hoffnung auf ihn setzen. Elfen, Zwerge und Menschen.

Selbst fremdartige Wesen, die er gar nicht kennt. Sie alle sehen einen neuen Stern am Himmel leuchten und glauben daran, dass er ihnen ihre alte Welt zurückbringt. Das ist die wahre Macht des Schicksals!

‚Denke an deine Aufgabe!', erschallt es in seinem Geist. Árons Geist ist wieder frei und wartet ungeduldig auf den letzten Schritt.

Doch Taladán ist wie im Rausch. Mühelos lässt er die Kugel immer weiter zusammenschrumpfen und zwingt damit Adánadas Geist zu völliger fast Bewegungslosigkeit. Landére blickt wieder besorgt in den Himmel. „Vollende, was du begonnen hast, Taladán", ruft sie.

Krévlokk lächelt. Er kennt das Gefühl der totalen Macht und weiß genau, wie sich Taladán jetzt fühlt. Die Kräfte fließen in urgewaltigen Strömen. Adánada ist völlig machtlos. Der endgültige Sieg ist erreicht! Er muss sich nicht mehr opfern. Die Wesen von Wígreda haben ihm die Macht gegeben, um Adánada zu bannen. Er spürt genau wie der *Erste Geist* seinen Widerstand aufgibt. Er ist endlich besiegt!

Da erklingt plötzlich eine beinahe vergessene Stimme. ‚Taladán, willst du deinen Weg nicht zu Ende gehen?', fragt sie sanft. Es ist die Stimme aus einer seiner Visionen, die Stimme des Einhorns! Sie bringt ihn zurück aus seinem Rausch. ‚Taladán. Ich sagte, ich würde immer bei dir sein und das war ich. Durch die Narbe, die ich dir bei meinem Tod zugefügt habe, wurde dein Körper zu meinem Schrein. Mein Geist begleitete dich.

Ich habe damals in der *Langen Nacht* den großen Mann dazu gebracht, dich in den Mondschatten zu werfen. Vor Thiríst habe ich nach deiner Vision zu dir gesprochen, damit du den Mut nicht verlierst. Ich habe dich vor der Kristalllinse des grausamen Großmeisters geschützt. Auch habe ich Alýra gebeten, von dir zu lassen, damit du dich nicht von deiner Liebe zu ihr ablenken lässt. Das alles war vergeblich, wenn du jetzt von deinem Weg abweichst. Mein Tod war vergeblich.'

Der Elf weiß nicht, was er antworten soll. Die Stimme setzt fort: ‚Nein, noch ist nicht alles verloren. Ich kann den letzten Schritt selbst gehen.'

Da bricht es aus Taladán heraus: ‚Nein! Nicht noch einmal!' Sein hell strahlender Geist bewegt sich schnell auf die schimmernde Kugel zu, in der Adánada gefangen ist. Sie treffen aufeinander und schon im selben Augenblick verschwinden beide.

Stille. Krévlokk stutzt. „Wo sind sie hin?" Landérc lächelt nur traurig. Goldene Tränen laufen über ihre weißen Wangen. „Ich spüre sie nicht mehr", flüstert sie. „Taladán und Adánada sind nicht mehr in Wígreda."

„Was bedeutet das?" Krévlokk stößt das Himmelsschwert tief in den schwarzen Boden. Er ist es leid, weiter gegen das *Unstete Zeichen* der Klinge zu kämpfen.

„Wenn sich der Geist eines lebenden Wesens mit dem eines toten Wesens verbindet und wünscht, mit ihm die Welt zu verlassen, so werden beide aus Wígreda verbannt. Wir glauben, dass es ursprünglich als ein Weg für Liebende gedacht war, um sich auf ewig zu verbinden. Doch wir haben ihn benutzt, um Adánada gegen seinen Willen von Wígreda zu verbannen!"

Sie schlägt die Hände vor ihr Gesicht. „Wir wussten nicht einmal, ob es möglich ist und ob Taladán dieses letzte Opfer vollbringen könnte", schluchzt sie leise. „Er tat es!"

„Und so wird unsere Welt also weiterbestehen", fügt Krévlokk hinzu. Er lächelt ungewohnt sanft. „Stolzer Krieger!"

Die mächtigen Schwingen Trókars sind zu hören. Der alte Drache nähert sich. Er ist gewaltig groß. Sein fast schwarzer Kopf ist mit zahlreichen großen gewundenen Hörnern gekrönt, die sich über den fast endlosen Rücken bis hin zur Schwanzspitze fortsetzen. Der obere Teil seines kolossalen Körpers ist mit dunklen, graugrünen Schuppen bedeckt. Zu den Klauen hin werden sie zunehmend lindgrün. Er landet ein Stück weit entfernt auf dem Plateau. Die schwarze Asche wirbelt auf.

Langsam stampft er auf die Göttin und den *Dunklen Krieger* zu. Eine große Wunde klafft in seiner Seite. Die dunkelgrünen Schuppen dort sind geschwärzt und noch immer fließt ein Strom heißen, dampfenden Blutes aus der Wunde seinen gewaltigen Leib herab. „Die Prophezeiung hat sich also doch erfüllt", dröhnt es tief. „Ein gehörntes Wesen hat den großen *Ersten Geist* besiegt."

Krévlokk schüttelt hart den Kopf. „Nein. Das gehörnte Wesen hat ihn nicht besiegt, sondern dieser Elf hier." Er deutet auf den nun leblosen Körper Taladáns. Sein Wildlederhemd ist schmutzig und zerschlissen. Landére hebt ihn auf. Der Schmutz verschwindet augenblicklich. Da bemerkt sie etwas, das sie kurz lächeln lässt. „Die Prophezeiung hat sich wirklich erfüllt. Seht!" Sie sehen die kurze Narbe auf seiner Brust, die wie ein Horn aussieht. Der *Dunkler Krieger* lächelt und streicht ihm über die Wange.

„Wer soll nun der neue König der Götter werden?", fragt Trókar. „Der, der das Himmelsschwert trägt", antwortet Landére. Krévlokk starrt finster auf das glänzende Schwert im Boden vor sich. „Wollt ihr das wirklich?" Landére sieht ihn an. „Du würdest deinen Fluch überwinden, wenn dich die Urkräfte zu einem Gott machen." „Das würden sie tun?"

„Ja. Du hast das Himmelsschwert in dieser Schlacht geführt und klar deinen Anteil am Sturz von Adánada geleistet. Ohne dich hätte uns Adánada sofort überwältigt. Sie können es dir nicht verweigern."

Krévlokk blickt sie an. „Dann soll es so sein", spricht er leise. Landére nickt. „Aber zuerst fordere die volle Kontrolle über das Schwert und stelle den Himmel so wieder her, wie er früher war. Jetzt, da Adánada fort ist, kannst du es tun." Der *Dunkler Krieger* zögert kurz, dann streckt er seine Klauenhand nach dem Griff der göttlichen Klinge aus und zieht sie wieder aus dem Boden. Sofort spürt er den Widerstand des Chaos im Schwert.

Er reckt es direkt gen Himmel. „Seht, Urkräfte!", ruft er hinauf. „Seht, jetzt habe ich das Himmelsschwert. Sein Träger ist fort und ich fordere es nun ganz für mich!" Kurz ist nur der eisige Wind zu hören, der hier unentwegt weht, dann erlischt plötzlich das *Unstete Zeichen* auf dem Himmelsschwert und verschwindet vollständig.

„Sende die Energie des Himmels zurück an ihren angestammten Ort." Landéres Geste folgend, streckt Krévlokk die Klinge erst gen Osten aus und zieht sie dann langsam über den ganzen Himmel bis in den Westen.

Ein Fächer leuchtend blauer Energie entströmt dem Schwert und das graue Wabern und die stummen, roten Blitze verschwinden dort, wo der Strahl den Himmel trifft. Ein wolkenloser Nachthimmel erscheint, in dem die Sterne funkeln wie selten zuvor. Landére lächelt zufrieden.

„Nun tritt in den Nebel." „Lass' das Himmelsschwert hier bei mir, Krévlokk", sagt der alte Drache leise. „Ich werde es bewachen, bis du zurückkehrst." Krévlokk stößt das Himmelsschwert in den Boden und geht langsam auf den Nebel zu. Doch dann dreht sich der *Dunkle Krieger* noch einmal um und sieht den Elfen an.

Landére lächelt und spricht: „Leb' wohl, Krévlokk! Ich bringe Taladán zu seinem Volk zurück." Er nickt und taucht in den Nebel ein.

Die Göttin grüßt den alten Trókar zum Abschied und verschwindet dann in einem hellen Schimmern.

Wenig später erscheint Landére im Zentrum Silváhedons. Alle Elfen sind wach und betrachten glücklich den geheilten Himmel. Als sie die Göttin bemerken, kommen sie auf sie zu und umringen sie staunend.

Die Elfenstadt wurde nicht verschont in der Zeit des geschändeten Himmels. Obwohl noch immer Sommer ist, haben die Bäume kaum noch Blätter an ihren Zweigen. Und den verbliebenen Blättern fehlt jede Farbe. Die Bäume, die ihnen als Wohnung dienen, sind nur notdürftig verstärkt worden. Der Waldboden ist zerfurcht und das ehemals satte Grün ist dunklem Braun und Grau gewichen.

Auch die Bewohner sind kaum wiederzuerkennen. Alle tragen jetzt trotz der sommerlichen Hitze stabile Kleidung zum Schutz vor den brutalen Regenschauern. In ihren Gesichtern stehen die Strapazen der letzten Monde geschrieben.

„Seid mir gegrüßt, Elfen von Silváhedon!", spricht Landére. Ein Elf tritt vorsichtig näher und fragt: „Hast du unseren Himmel geheilt?"

Sie schüttelt traurig das Haupt. „Ich bringe euch nur den zurück, der uns gerettet hat." Sie übergibt Taladán an den Elfen. Er sieht ihn traurig an. Da kommt plötzlich Wind auf. Er trägt ein paar Regentropfen mit sich. „Auch die Winde weinen um ihn", flüstert er leise und streicht Taladán einige Tropfen aus dem Gesicht. Sein langes, weißblondes Haar glänzt wieder – so wie am Tag seines Abschieds. Der Elf trägt ihn zu dem Baum, auf dem er immer schlief, und legt ihn dort nieder. Die Elfen verabschieden ihn nun zum letzten Mal. Im Morgengrauen begraben sie ihn unter seinem Baum.

Schon kurz nach dem ersten Sonnenaufgang seit viel zu langer Zeit versammeln sich die Elfen wieder um Landére und sie erzählt ihnen von Lord Dyrán und dem Plan der Páladine den *Ersten Geist* aufzuhalten. Sie erzählt von Taladáns langen Reise zu den Zwergen von Mórak und den Menschen von Thiríst, von seiner Begegnung mit den *Steinernen Weisen*, ihrer gemeinsam geführten Schlacht im Zentrum von Wígreda und wie sie entschieden wurde.

„Also war es sein Schicksal, für uns aus der Welt zu gehen?", fragt eine junge Elfe mit bitterer Stimme. Landére antwortet: „Er hat es sich in seinem vorherigen Leben selbst zum Schicksal gemacht. Lord Dyrán hatte sich für dieses Opfer entschieden. Der Freund-der-Winde wurde mit diesem Erbe wiedergeboren und hat es schließlich angenommen. So ist er also schuldig und unschuldig zugleich an dem, was mit ihm geschah." Traurig haben die Elfen die Köpfe gesenkt und einige weinen.

„Es gibt Wesen, die das Schicksal in den Sternen suchen, doch sie irren. Die Sterne sind nicht mehr als ein Spiegel. Sie reflektieren nur all die Wünsche und Hoffnungen der Wesen, die an sie glauben. Es ist die gemeinsame Kraft aller dieser Wesen, die man Schicksal nennen kann.

Taladán, der Wandler, hat sich zum Ziel dieser Kraft gemacht und sie dazu genutzt, Adánada zu besiegen. Das war sein Verdienst und sein Verhängnis." Landére senkt das Haupt und schließt die Augen. Wieder fließen goldene Tränen über ihre Wangen. Sie glänzen im noch immer schwachen Licht der jungen Sonne.

Der Wind streift durch die fast kahlen Äste der Bäume. Der Sommer ist alt und wird bald dem Herbst weichen. Aus der Ferne kommt leiser, wehmütiger Gesang.

Kapitel 14

Wanderer

Éresyn kniet stumm vor einem Gräberfeld. Mächtige Herbstwinde haben längst die letzten zerfetzten Blätter der Bäume fortgeweht. Es ist kalt und kleine Schneeflocken treiben im Wind. Die Sonne ist von einem grauen Himmel verschleiert. Mit leerem Blick betrachtet der Lord ein größeres Grab vor ihm. Ein silbernes Langschwert steckt an seinem Kopfende im Boden. Er hat schon seit Tagen kaum etwas gegessen oder getrunken.

„Wer liegt denn da?" Éresyn fährt erschrocken herum und sieht einen verwahrlosten Jungen. Er steht nur wenige Schritte entfernt und deutet mit seiner schmutzigen Hand auf das frische Grab mit dem Schwert. Der Lord dreht sich wieder um und spricht ruhig: „Der größte Held der Páladine, Lord Hérostan."

„Ich will auch einmal ein Páladin werden", ruft der Junge und kommt näher. Éresyn schüttelt langsam den Kopf. „Es gibt keine Páladine mehr. Die Kreaturen des Chaos haben sie alle getötet." „Die Ungeheuer waren auch bei uns im Dorf. Aber ich bin weggelaufen. Als ich wiederkam, waren die anderen alle tot." Der Lord schließt die Augen. „Deswegen will ich ein Páladin werden, um alle Ungeheuer zu töten."

Éresyn dreht sich um und sieht ihn traurig an. „Es gibt aber keine Páladine mehr." „Das kann gar nicht sein. Páladine gibt es immer. Wer beschützt denn sonst die Menschen vor Ungeheuern?", entgegnet der Junge trotzig. „Ich bin Áko und ich werde einmal ein Páladin sein!"

Damit läuft er an dem verblüfften Éresyn vorbei auf das Gräberfeld zu. Da leuchten um die Gräber herum plötzlich Schriftzeichen hell auf. Strahlend hell wie die Sommersonne verkünden sie allen Wissenden, dass die Urkraft Kosmos diese Gräber beschützt. „Warte! Du kannst nicht...", ruft der Lord noch im Aufspringen und versucht den Jungen zu halten, doch da hat Áko das Grab von Lord Hérostan schon erreicht. Ohne die Schriftzeichen zu beachten, übertritt er sie und läuft weiter.

Lord Éresyn hatte erwartet, dass der Junge von der schützenden Kraft zurückgeschleudert wird. Doch nun beobachtet er verblüfft, wie der Junge das glänzende Schwert des toten Helden ergreift und es zu ihm zurückbringt.

Die Schriftzeichen verlöschen wieder ungerührt, als er das Gräberfeld verlässt. Sie haben den Jungen nicht gehindert! „Hier! Damit töten wir alle Ungeheuer!", keucht Áko, ganz außer Atem.

Der Lord nimmt das Schwert, das ihm der Junge reicht, ungläubig in die Hand. „Hilfst du mir dabei?", fragt er ihn. Lord Éresyn sieht in die leuchtenden Augen des Jungen und nickt. „Ja, ich helfe dir, ein Páladin zu werden." Sie umarmen sich. Dann legt der Lord Áko die Hand auf die Schulter und sagt lächelnd, „Lass uns gehen. Wir haben eine lange Reise vor uns."

Einige Monde später suchen andere Wanderer ihr Ziel. „Sage mir, *Held von Mórak*, denkst du, dass sie König Útwards Bruder finden werden?" Gérom sieht Quíebo gespielt grimmig an. „Das hoffe ich sehr – *Kommender Weise von Mórak*." Quíebo stutzt erst, lächelt dann aber. Hier müssen sie sich wirklich nicht mit ihren Titeln anreden.

Es ist früher Sommer und die Sonne scheint sanft durch die wogenden Kronen alter Bäume. Sie tragen leichte, lederne Reisekleidung. Gérom hat ein paar graue Strähnen mehr in Haar und Bart. Er verzichtet nun völlig darauf, seine Haare in Zöpfen zu binden. Über seiner Schulter trägt er lässig eine Axt.

„Unser *Weiser von Mórak* hat gleich nachdem er die Regentschaft von mir übernommen hat, vier Gesandtschaften ausgeschickt, die nach ihm suchen. Es wird sicher nicht einfach werden, ihn nach all den Wintern wiederzufinden. Vielleicht müssen wir uns damit abfinden, dass die Dynastie mit König Útward endete, als er sich in der Gefangenschaft das Leben nahm. Er wollte dem Verräter Rándok nicht den Vorteil lassen, ihn als Geisel zu haben."

Quíebo schweigt erst betroffen, dann spricht er spöttisch zu Gérom. „Vielleicht hättest du den Thron behalten sollen." Gérom erwidert den Blick mit hochgezogenen Augenbrauen. „Der Thron ist nicht halb so bequem, wie er aussieht." Quíebo muss lachen.

„Und das tägliche Geschäft eines Königs kann sehr lästig sein. Man muss die vielen kleinlichen Streitigkeiten schlichten, sich zweifelhafte Verbesserungsvorschläge und Bitten anhören, den vielen Nachbarn freundliche Briefe schreiben, das ganze Leben auf Mórak organisieren und bei allem auch noch die Würde bewahren. Glaub' mir, ich war heilfroh, als mir Ruborán diese Bürde von den Schultern nahm."

Quíebo nickt verständnisvoll. „Und er wird selbst heilfroh sein, wenn er einen würdigen Nachfolger für den Thron findet." Quíebo lächelt und nickt heftig. Er kennt seinen alten Meister gut genug, um zu wissen, dass er sich viel lieber mit seinen Kräutern und Büchern beschäftigen würde.

Gérom lächelt. „Glaubst du, der König von Mórak könnte sich einfach so auf die lange Reise nach Silváhedon machen – zu zweit? Er müsste mit einem Gefolge reisen, sodass die armen Elfen eine Invasion fürchten würden!" Quíebo lacht kurz auf, dann wird er still.

Nach einer kurzen Weile der Stille fragt er Gérom leise: „Glaubst du, dass unser Freund-der-Winde tatsächlich tot ist?" „Großmeister Fayádos war sich leider sicher, als er seinen Antrittsbesuch in Mórak als neuer Großmeister der Akademie antrat. Er behauptete, noch Kontakt mit ihm gehabt zu haben, kurz vor dem Ende der dunklen Schreckenszeit. Der Freund-der-Winde hätte da seine magischen Kräfte beschworen. Er wäre der Stern gewesen, den wir in dieser Nacht gesehen haben."

Quíebo starrt irritiert vor sich hin. Gérom fährt traurig fort. „Ich habe noch ein weiteres Mal mit Fayádos gesprochen, als wir dich von der Akademie abholten. Da sagte er mir, er wäre wieder bei den *Steinernen Weisen* gewesen. Die meisten von ihnen lägen nun in Trümmern. Die wenigen, die noch stünden, erzählten ihm, die anderen hätten ihrem zweifelhaften Leben als Statuen selbst ein Ende bereitet. Ihre Aufgabe wäre erfüllt und die große Gefahr vorüber. Der Elf mit dem besonderen Seelenzauber hätte sich wie geplant geopfert, um Adánada für immer zu verbannen." Stumme Tränen der Rührung laufen den beiden Zwergen über die Wangen.

Tagelang durchstreifen sie die endlosen Wälder des Ostens. Die Sonne scheint in alter Macht, doch die mächtigen Bäume des Titanenwaldes schirmen die Wanderer ab. Die Winde ruhen. Zahllose Insekten bewegen sich tanzend durch die Sommerluft. „Wir müssen schon fast am Ziel sein."

Die beiden Zwerge stehen auf einem hohen Pass. Die Sonne lässt alles einen langen Schatten werfen. Quíebo hält eine alte Lederkarte in den Händen. „Mein Meister sagte, dies wäre die einzige, erhaltene Karte aus der Zeit vor dem Fall des *Alten Reiches*. Nach ihr muss der Stadthügel von Silváhedon ganz in der Nähe sein." Gérom sieht sich um, kann aber nichts Besonderes erkennen.

„Dein Meister wird uns die Karte nicht ohne guten Grund mitgegeben haben. Ohne sie findet man Silváhedon sicher nicht."

Er lächelt. „Wie er damals den Verräter Rándok genarrt hat. Die ganze Zeit war er in Mórak, obwohl ihn dort alle für tot oder geflohen hielten." Grimmig fasst er den Griff seiner Streitaxt fester. „Erst als wir Rándok stellten, stand er uns bei, die Ordnung auf Mórak wiederherzustellen." Quíebo sieht herüber und nickt. „Er muss mir beibringen, wie er das gemacht hat, wenn wir wieder zurück sind."

Er sieht wieder auf die Lederkarte und seufzt. „Der Freund-der-Winde wüsste jetzt sofort, wo es lang geht." Gérom blickt betroffen zu Boden. „Ich wünschte nur, wir hätten uns damals nicht auf diese Weise trennen müssen." Quíebo blickt auf, beißt sich dann aber auf die Zunge. „Als er davon sprach, dass er in dem alten Turm war und mit dessen Herrn geredet hat."

Gérom schüttelt den Kopf. „Ich wusste sofort, dass Mórak verloren gewesen wäre, falls ich ihn nicht im Stich gelassen hätte. Keiner der anderen Zwerge wäre mir noch gefolgt. Sie alle hätten Rándoks Lügen geglaubt."

Quíebo tritt näher und steckt die Karte wieder ein. „Ihr musstet euch trennen. Sein Ziel war noch wichtiger als deines, und so konntet ihr beide euer Ziel erreichen." „Mir brannte das Herz, als ich den Schmerz in seinen Augen sah", flüstert Gérom und schließt die Augen.

Die Sonne ist hinter dem Meer der Baumwipfel untergegangen. Sie haben ihr Lager bereitet und ein kleines Feuer angezündet. Stumm essen sie ihr Abendessen.

Da kommt Wind auf. Quíebo stutzt unwillkürlich, doch da sieht er Gérom schon auf den Beinen. Er hält seine Axt in beiden Händen. „Was ist denn?" Gérom sieht sich angespannt um. „Die Winde sind unruhig. Sie wollen mich warnen!" Quíebo steht langsam auf und lässt seinen Blick umherschweifen. Da bemerken sie Brandgeruch.

Der Boden erbebt. Ganz in ihrer Nähe knacken laut Äste. Sie wenden sich erschreckt um. Etwas nähert sich mit Gewalt von hinter dem Pass.

Plötzlich erscheint ein gewaltiger rotbrauner Bulle auf dem Pass, von seinem eigenen Feueratem erleuchtet. Feuerzungen schlagen aus seinen Nüstern. An seinen beiden nach vorne gerichteten, schwarz glänzenden Hörnern hält sich ein Junge fest.

Sein fahles Gesicht ist von alten Brandwunden grausam entstellt. Auf seiner Stirn flackert das *Unstete Zeichen*. „Da! Da sind sie! Verbrenn' sie, wie sie mich verbrannt haben!", kreischt er, als sich der Blick seiner irren Augen auf sie heftet.

Noch bevor sich die Zwerge wieder gefasst haben, galoppiert der Bulle auf sie los. Stoßweise schnaubt er Feuer im schnellen Rhythmus der Hufe. Auf halbem Weg schreit der Junge den Wanderern seinen Zorn entgegen.

Entsetzt versuchen die Zwerge ihm auszuweichen, doch Wurzeln haben sich um ihre Füße gewunden. Sie fallen zur Seite und der rote Bulle trampelt über ihre Beine hinweg.

Der Schmerz der stampfenden Hufe und des Feueratems bringt sie an den Rand der Ohnmacht. Trotzdem gelingt es Gérom mit einem blinden Ausschwingen seiner langen Axt den Bullen im Vorübertrampeln am Hinterbein zu treffen. Die Wucht des Aufpralls reißt Gérom die Axt aus der Hand.

Der große rote Bulle gerät ins Straucheln und kann seinen massigen Körper nur mit Schwierigkeiten abbremsen. Der Junge verliert den Halt und stürzt schreiend hinter dem Bullen in ein Gebüsch.

Verzweifelt zerren beide Zwerge an den Wurzeln, die sie noch immer eisern festhalten. Der Bulle wendet sich unsicher um und schüttelt den Kopf. Mehrmals zieht er das verletzte Bein hoch. Der Junge kriecht rasch aus dem Gebüsch.

Gérom zieht einen Dolch und beginnt, die Ranken, die ihn fesseln, durchzutrennen. Als er den Jungen bemerkt, deutet er mit der linken Hand auf ihn und schreit. „Den Jungen!"

Quíebo nickt kurz und gibt seinen Kampf mit den Wurzeln auf. Er schließt schnell beide Augen und konzentriert sich. Der Junge hat den Bullen erreicht und umfasst sein verletztes Hinterbein. Unruhig schlägt der Bulle mit seinem borstigen Schwanz umher. Der Geifer läuft ihm dampfend aus dem Maul. Er fixiert die Zwerge. Da reckt Quíebo beide Hände zu einem Trichter geformt in Richtung des Jungen.

Eine Feuerlohe schießt zwischen seinen Handflächen hervor und trifft den Jungen fauchend im Gesicht. Kreischend schlägt er die Hände vor das Gesicht. Quíebos Hände zittern. Sein Gesicht ist vor Anstrengung verzerrt. Das Feuer wird schwächer.

Da ändert sich der Schrei des Jungen. Das Geräusch ähnelt jetzt mehr einem Lachen. Ja, er lacht! Er nimmt die Hände langsam von seinem rot verbrannten Gesicht. Das Feuer verbrennt ihn nicht mehr!

Die Zwerge starren ihn beide entsetzt an. Die Feuerlohe erstirbt. Mit gebleckten Zähnen richtet sich der Junge auf und deutet auf sie. „Töte sie! Töte sie jetzt!" Der Bulle geht auf sie zu. Er scheint nicht mehr verletzt zu sein. Mit jedem Schritt, nähert sich die Feuerwolke, die er ausatmet.

Die Zwerge reißen vergeblich an den Wurzeln, die sie fesseln. Mit einem Mal bemerken sie verschiedene schattenhafte Gestalten in den Gebüschen ringsumher. Ein Pfeil zischt heran und prallt an einer Seite des Bullen ab. Dann prasselt ein Hagel von Pfeilen auf den Bullen. Dieser wendet sich orientierungslos und schnaubend herum.

Die meisten Pfeile prallen wirkungslos an seinem teilweise verhornten Fell ab, doch einige bleiben stecken. Unabsichtlich stößt er den Jungen an und dieser fällt ein Stück vor sich auf den Boden. Als er sich wieder aufrichten will, trifft ihn Géroms Axt tödlich. Der Bulle brüllt vor Wut und die Zwerge verschwinden in einem Inferno aus Feuer.

Es ist dunkel. Die Luft ist erfüllt von Brandgeruch. Der Wind kann ihn noch nicht vertreiben. Die Elfen von Silváhedon singen leise. Der Gesang ist voller Melancholie, Trauer und Schmerz.

Schmerz. Da ist dieses Brennen. Sanfte Hände. „Vorsicht!" Eine Elfe spricht in der *Alten Sprache.* „Wo bin ich?"

„Du bist in Silváhedon", antwortet die Stimme. „Was ist geschehen?" „Wir haben euch und die Diener des Chaos an der Grenze unseres Gebietes entdeckt. Der Bulle ist verschwunden, als wir das Feuer löschen mussten. Ihr seid von ihm schwer verletzt worden, aber ihr werdet beide wieder gesund, Gérom. Der Verband soll deine Augen schützen, bis wir sie geheilt haben."

Der Zwerg ist verblüfft. „Woher kennst du meinen Namen?" „Ein Späher hat deinen Gesprächen mit Quíebo gelauscht. Wir haben bereits von euch beiden gehört. Ich weiß, dass du dem Freund-der-Winde seinen Namen gegeben hast. Ihr seid hier willkommen."